Notdog

Volume 5

la courte échelle

Les éditions de la courte échelle inc.
160, rue Saint-Viateur Est, bureau 404
Montréal (Québec) H2T 1A8
www.courteechelle.com

Dépôt légal, 3e trimestre 2011
Bibliothèque nationale du Québec

Copyright © 2011 Les éditions de la courte échelle inc.

La courte échelle reconnaît l'aide financière du gouvernement du Canada
par l'entremise du Fonds du livre du Canada pour ses activités d'édition.
La courte échelle est aussi inscrite au programme de subvention globale du
Conseil des Arts du Canada et reçoit l'appui du gouvernement du Québec
par l'intermédiaire de la SODEC.

La courte échelle bénéficie également du Programme de crédit d'impôt
pour l'édition de livres – Gestion SODEC – du gouvernement du Québec.

**Catalogage avant publication de Bibliothèque et Archives nationales
du Québec et Bibliothèque et Archives Canada**

Desrosiers, Sylvie

    Notdog

    Chaque œuvre a été publ. séparément à partir de 1992.

    Sommaire : v. 5. Mais qui va trouver le trésor ? ; Qui a déjà touché
à un vrai tigre ? ; La tombe du chaman.

    Pour les jeunes de 9 ans et plus.

    ISBN 978-2-89651-482-3 (v. 5)

    I. Sylvestre, Daniel. II. Titre.

PS8557.E874N67 2009   jC843'.54   C2009-941658-1
PS9557.E874N67 2009

Imprimé au Canada

Sylvie Desrosiers

Ne vous fiez pas au sourire réservé de Sylvie Desrosiers : malgré son apparence réfléchie, elle aime rire et faire rire. Pour écrire, elle cherche dans ses souvenirs, fouille dans ses carnets et peut se réveiller la nuit si une bonne idée apparaît ! Mais même lorsqu'elle travaille beaucoup, elle éteint toujours son ordinateur quand son fils rentre de l'école. Et elle ne manque jamais une occasion d'aller avec lui au cinéma ni de lui cuisiner des pâtes à toutes les sauces !

Daniel Sylvestre

Enfant déjà, Daniel Sylvestre dessinait. Un jour, en visite chez des amis de ses parents eux-mêmes artistes, il découvre leur travail. Séduit, il prend une décision : quand il sera grand, il sera peintre ! En route donc pour des études d'art, d'abord à Montréal, puis à Paris et à Strasbourg. Il y suit une formation très exigeante, dessinant du matin au soir. Aujourd'hui, il partage son temps entre l'illustration de livres et son travail d'artiste graveur. Minutieux, il apporte un grand soin à chacune de ses créations. Sans jamais oublier d'y mettre une touche d'humour !

De la même auteure à la courte échelle

Collection Premier Roman
Série Thomas :
Au revoir, Camille!
Le concert de Thomas
Ma mère est une extraterrestre
Je suis Thomas
L'audition de Thomas

Collection Roman Jeunesse
Série Notdog :
La patte dans le sac
Qui a peur des fantômes?
Le mystère du lac Carré
Où sont passés les dinosaures?
Méfiez-vous des monstres marins
Mais qui va trouver le trésor?
Faut-il croire à la magie?
Les princes ne sont pas tous
  charmants
Qui veut entrer dans la légende?
La jeune fille venue du froid
Qui a déjà touché à un vrai tigre?
Peut-on dessiner un souvenir?
Les extraterrestres sont-ils des
  voleurs?
Quelqu'un a-t-il vu Notdog?
Qui veut entrer dans la peau
  d'un chien?
Aimez-vous la musique?
L'héritage de la pirate
La tombe du chaman

Hors collection Roman Jeunesse
Série Notdog :
Notdog, volume 1
Notdog, volume 2
Notdog, volume 3
Notdog, volume 4

Collection Ado
Le long silence
Les trois lieues

Série Paulette :
Quatre jours de liberté
Les cahiers d'Élisabeth

Hors collection
Série Les voyages de Philibert
Tanguay :
L'ère glaciaire dans la glacière,
  tome 1
Un djinn avec ça?, tome 2
César, ouvre-toi!, tome 3
Jell-O-Man, tome 4

Notdog autour du monde !

Le chien Notdog est célèbre un peu partout dans le monde. On peut lire plusieurs de ses aventures en chinois, en espagnol, en grec et en italien.

Des honneurs pour l'auteure Sylvie Desrosiers

- Finaliste, Prix littéraire Hackmatack – Le choix des jeunes – catégorie du roman français pour *La tombe du Chaman* (2011)
- Finaliste Prix Alvine-Bélisle pour *Les trois lieues* (2009)
- Finaliste Prix du livre jeunesse des bibliothèques de Montréal pour *Les trois lieues* (2009)
- Finaliste, Prix Wallonie-Bruxelles pour *Les trois lieues* (2008)
- Prix à la création artistique du CALQ en Montérégie pour l'ensemble de sa démarche artistique (2008)
- Prix du Gouverneur général du Canada, littérature jeunesse, pour *Les trois lieues* (2008)
- Prix spécial du jury de la Fondation Espace-Enfant en Suisse, remis à l'auteur du « livre que chaque enfant devrait pouvoir offrir à ses parents », pour *Au revoir, Camille!* (2000)

Des honneurs pour l'illustrateur Daniel Sylvestre

- Finaliste, Prix littéraire Hackmatack – Le choix des jeunes – catégorie du roman français pour *La tombe du Chaman* (2011)
- Prix du Gouverneur général du Canada - catégorie Littérature jeunesse (illustrations) pour *Rose, derrière le rideau de la folie* (2010)
- Finaliste Prix PoésYvelines des collégiens 2010/2011 (Prix littéraire français) pour *Rose, derrière le rideau de la folie* (2010)
- Prix Alvine-Bélisle pour *Ophélie* (2009)
- Finaliste, Prix Québec/Wallonie-Bruxelles pour *Ophélie* (2008)
- Finaliste, Prix du Gouverneur général du Canada - catégorie littérature jeunesse pour *Ophélie* (2008)
- Finaliste, Prix du Gouverneur général du Canada pour *Ma vie de reptile* (2007)
- Prix du salon du livre de Trois-Rivières pour *Ma vie de reptile* (2007)
- Palmarès Communication Jeunesse, prix des enfants, pour *A.A aime H.H.* (2000)

Pour en savoir plus sur la série Notdog,
visitez le www.courteechelle.com/collection-roman-jeunesse

Sylvie Desrosiers

MAIS QUI VA TROUVER LE TRÉSOR?

Illustrations
de Daniel Sylvestre

la courte échelle

Chapitre I
Le mot de la fin

La vieille Bernadette Lague a de la difficulté à écrire tellement sa main est froissée par son grand âge. Mais elle s'applique à chaque lettre pour que son écriture soit la plus lisible possible.

De temps à autre elle s'arrête, réfléchit au mot juste et l'écrit en l'épelant tout bas. À d'autres moments, elle mâchouille le bout de son crayon. Et un rire discret vient alors briser le silence de sa chambre.

Il est presque vingt-deux heures lorsqu'elle a enfin terminé ses deux lettres. Car il y en a deux.

Elle les relit attentivement pour être bien certaine qu'il n'y manque rien. Satisfaite, elle met la première lettre dans une enveloppe jaune à fleurs rouges. Elle écrit le nom du destinataire en lettres moulées, cachette l'enveloppe et la laisse sur la table.

Elle met ensuite la deuxième lettre dans une enveloppe en tous points semblable à la première. Puis elle se lève, va ouvrir la fenêtre. Une bonne odeur de printemps remplit l'air, dans cette semaine de Pâques du début d'avril. Elle lance l'enveloppe dehors et la regarde quelques instants voleter jusqu'à ce que le vent l'emporte au loin.

Finalement, elle fait sa toilette et couche ses cent ans fatigués.

Le lendemain matin, Bernadette Lague était morte, un drôle de petit sourire figé sur ses lèvres froides.

Chapitre II
En avril, ne te découvre pas, ma fille

— Dépêche, Jocelyne! On va être en pétard!

— En retard, John, pas en pétard, le corrige Agnès, comme elle le fait chaque fois que John fait une erreur de français. Ce qui veut dire toutes les trois phrases ou presque.

— Si tu ne te grouilles pas, on va manquer l'autobus, renchérit-elle.

Agnès, c'est la jolie rousse qui porte des broches*. Et John, c'est l'Anglais blond à

*Appareil orthodontique.

lunettes rondes. Tous les deux s'impatientent devant la lenteur de Jocelyne, la brune rêveuse, qui est en train de finir sa valise en maugréant. Ils ont tous les trois douze ans.

Jocelyne a déjà tout fait pour gagner du temps et ne pas partir. Elle a d'abord fait semblant d'avoir perdu tous ses vêtements. Mais son oncle Édouard, chez qui elle vit depuis la mort de ses parents, les a retrouvés, cachés derrière la laveuse.

Puis elle a simulé de grosses crampes au ventre. Mais Édouard lui a dit que ça se guérissait par le grand air.

En désespoir de cause, elle a appelé ses amis à son aide. Mais ô surprise! au lieu de la sortir de ce mauvais pas, Agnès et John ont trouvé que c'était une bonne idée et ils ont décidé d'y aller avec elle: Jocelyne ira donc passer les vacances de Pâques dans un camp de vacances pour les jeunes. Ô horreur!

Coucher dans des lits de camp humides qui grincent ne l'enchante pas du tout. Ni manger du pouding au riz ou pire encore, des légumes! Yark! Très peu pour elle. Mais l'oncle Édouard est persuadé que ça lui fera du bien, comme tous les parents qui ne sont jamais allés dans un camp de vacances.

Son oncle étant donc inflexible et ses amis s'étant rendus coupables de trahison, Jocelyne a finalement accepté l'épreuve, mais à une condition: que Notdog, le chien le plus laid du village, son chien, l'accompagne.

La directrice du camp, Mme Ducamp, s'est fait tirer l'oreille. Mais elle a décidé qu'elle préférait une enfant accompagnée d'un chien qui paye plein tarif, plutôt que pas d'enfant et de revenus du tout.

En pliant son pyjama en flannelette, Jocelyne marmonne:

— Le Camp Puces! On voudrait donner un nom plus niaiseux que ça, on chercherait longtemps!

— C'est vrai que ce n'est pas génial comme nom, dit Agnès.

— Tu vois, tu es d'accord qu'on ne devrait pas y aller.

— Une minute là! Je n'ai pas dit ça! Moi, j'en ai très envie. Même que ça fait pas mal mon affaire de me débarrasser de ma soeur pour une semaine. Elle est somnambule ces temps-ci. Hier, elle est venue dans mon lit et se pensait dans une glissade d'eau.

John, tout content de partir lui aussi, trouve que son amie exagère:

— Je ne te comprends pas, Jocelyne; on dirait que tu t'en vas à un éternuement!

— Enterrement, John, pas éternuement! le reprend Agnès.

— Ah oui! au fait, en parlant d'enterrement, saviez-vous que Mme Lague est morte il y a deux jours? demande Jocelyne, pas fâchée de changer de sujet.

— Mme Lague?! Oh non! Elle était tellement drôle! Mais c'est vrai qu'elle devait avoir au moins deux cents ans, dit Agnès.

— Moi, je dirais deux cent soixante-quinze, précise John.

Mais voilà que la voix de l'oncle Édouard leur arrive du dehors, accompagnée d'un klaxon d'auto:

— Il n'y a plus de temps à perdre! Dégrouillez, en dedans!

Jocelyne boucle enfin sa valise. Il ne manque que Notdog. Elle sort sur le balcon et l'appelle mollement en espérant qu'il ne l'entende pas: on ne sait jamais, ça lui éviterait peut-être le camp à la dernière minute. Malheureusement, Notdog accourt, tout content et tout couetté, comme d'habitude. Mais il a quelque chose dans la gueule. Jocelyne se penche.

— Tiens, une enveloppe. *À qui trouvera cette lettre.*

Elle n'a pas le temps de l'ouvrir, car Édouard a déjà démarré la voiture. Elle la glisse dans une poche de son manteau mauve fluo. Découragée, elle saute dans l'auto et roule vers l'autobus, le Camp Puces et de drôles de retrouvailles.

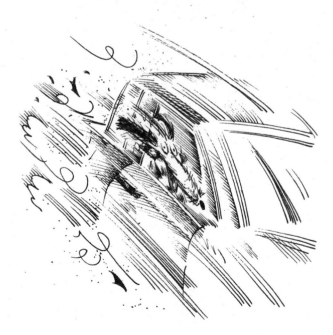

Chapitre III
Rencontre
du quatrième type

Bob Les Oreilles Bigras est d'humeur plutôt maussade. Le motard local doit en effet commencer à purger sa peine pour avoir volé son millième beigne à l'érable. Bob Les Oreilles n'est pas bien méchant. Voleur, menteur, profiteur, oui. Mais pas dangereux.

Les beignes à l'érable, c'est sa passion, son vice, même son esclavage! C'est plus fort que lui: chaque fois qu'il en voit un à travers une vitrine, il est attiré comme un chien par une borne-fontaine. Et, puisqu'il n'a jamais travaillé de sa vie, ce dont il est très fier, il n'a donc jamais d'argent.

Alors, il en vole.

Le chef de police, qui a, lui aussi, une petite dent sucrée, s'arrête souvent au magasin de beignes. Et combien de fois a-t-il pris Bob Les Oreilles la main dans... le plateau!

Cette fois-ci, la juge de la cour municipale, Emma Gistrat, a décidé d'imposer une sentence exemplaire. Au lieu de l'envoyer en prison, ce à quoi il est habitué, elle l'a condamné à faire cent heures de travail communautaire.

«Fiou! C'est pas si pire. Ça fait même pas trois semaines complètes!» a pensé Bob, résigné, au moment de la lecture de la sentence. Mais la juge a ajouté:

— ... cent heures de travail communautaire dans un camp de vacances pour les jeunes.

En entendant cela, Bob Les Oreilles Bigras n'en a pas cru ses oreilles, justement. Et il s'est jeté à genoux en suppliant:

— Non! Pas avec les enfants! S'il vous plaît, madame la juge! Envoyez-moi en prison, à la place! Ou abandonnez-moi tout nu sur une banquise! N'importe quoi, mais pas ça! J'haïs les enfants! Je peux pas les sentir, même avec mon grand nez!

Mais le verdict était rendu et il n'y avait pas à revenir là-dessus.

Le voici donc dans un petit chalet-dortoir où il est en train d'essayer de faire les lits. Il parle tout seul:

— Bon, de quel bord ça va, cette couverte-là, en dessous ou au-dessus du drap? Bon, assez niaisé, mettons que c'est de même.

Et Bob Les Oreilles fait les lits tout de travers. Sa tâche terminée, il regarde sa montre Mickey Mouse:

— Bon, une heure de faite. Il en reste juste quatre-vingt-dix-neuf, astheure.

C'est alors que la voix de sa patronne l'appelle du dehors:

— Bob! L'autobus arrive! Viens nous aider pour les bagages!

À reculons, Bob se dirige vers le chalet principal. Devant l'entrée, quatre moniteurs attendent la cargaison de jeunes. Il s'agit de Dominique, Réal, Mireille et Fabien, que tout le monde appelle Do Ré Mi Fa. Derrière eux, les deux mains dans les poches de ses jeans trop grands, se tient la patronne, Mme Ducamp.

Elle est ronde et ses joues sont éternellement rouges. Elle a le bout des cheveux noir et le dessus de la tête gris, ce qui lui donne une allure de mouffette. Toujours en chemise à carreaux, elle n'est pas du tout pointilleuse. Un peu chialeuse, cependant, mais pas du tout achalante.

Bref, Bob Les Oreilles pense qu'il est chanceux d'être tombé sur elle. Et que mis à part le fait qu'elle a la manie de vouloir parler avec les esprits, elle est tout à fait correcte.

Il s'arrête près d'elle en même temps que l'autobus jaune. Une dizaine de jeunes en descendent en courant, devant le regard méprisant de Bob. Mais arrive ce qui devait arriver: quand Bob voit Agnès, Jocelyne, John et Notdog, son visage pas rasé depuis trois jours devient blanc, puis vire au mauve.

Agnès est la première à l'apercevoir:

— Tiens! Bob Les Oreilles Bigras! Qu'est-ce que tu fais là?

Il est soudain pris de convulsions, se jette à terre et pique une crise de nerfs en frappant de toutes ses forces dans une flaque d'eau sale. Notdog grogne. Jocelyne l'arrête:

— Voyons, Notdog, c'est juste Bob Les Oreilles Bigras. Mais qu'est-ce qu'il a? Il est malade?

— Pour moi, c'est une crise de Pepsi, dit John très sérieusement.

— Épilepsie, John, pas Pepsi, le reprend Agnès.

C'est alors que Mme Ducamp intervient:

— Bon, ça suffit. Tu n'as pas deux ans! Allez, debout Bob.

Il se relève en reniflant:

— C'est pas juste! O.K. pour le travail communautaire. O.K. pour les enfants. Mais PAS EUX AUTRES!

— Et pourquoi donc? demande la directrice.

— Par-ce-que... Je veux rien savoir de ces microbes-là.

Il boude. Devant les yeux étonnés de Mme Ducamp, Agnès éclaircit un tout petit peu les choses:

— Euh! disons qu'on a souvent eu affaire à Bob et que, bien, ça s'est toujours mal terminé pour lui.

— Parfait alors! s'écrie Mme Ducamp. Comme ça, vous pourrez surveiller son travail. Je me présente, Mme Ducamp, directrice. Bienvenue au Camp Puces.

L'autobus s'est maintenant vidé des

vingt-trois jeunes qu'il transportait. Déjà, un tout-petit pleure en gémissant:

— J'veux retourner chez nous! J'haïs ça ici!

Et Do le prend tendrement dans ses bras pour le consoler, mais elle est accueillie par un violent:

— Lâche-moi, bon!

Dégoulinant, Bob décharge les bagages pendant que Ré, Mi et Fa vérifient la liste des inscrits. Mais leurs voix disparaissent soudain derrière un bruit de moteur. Apparaît une grosse voiture noire couverte de la boue qui recouvre les routes en terre

à la fonte des neiges. Un homme à l'air triste en sort. Il a des yeux de chien battu et tient une mallette noire. Il s'agit du notaire du village, Jessie D. Pression.

Il s'avance, sérieux, car Jessie D. Pression ne sourit jamais. Il est toujours malheureux, même lorsqu'il n'a pas de raison de l'être. Et il soupire plus qu'il ne respire. Il y va d'un bonjour faible et tend sa main molle à Mme Ducamp.

— Ah, vous voilà enfin! dit-elle.

Elle l'invite à venir dans son bureau. Mais avant de la suivre, le regard du notaire s'attarde longuement sur Jocelyne. Puis il disparaît avec la directrice qui se retourne juste avant d'entrer:

— Bob, tu vas venir éplucher les patates maintenant.

La mine basse, le casque de moto qu'il porte jour et nuit retombé sur ses yeux, Bob s'exécute. Il marche en traînant ses bottes détachées et il marmonne:

— Pourquoi que c'est toujours à moi que ça arrive des affaires de même?

De leur côté, Do Ré entraînent la moitié des enfants vers le chalet vert. Et Mi Fa l'autre moitié, dont les inséparables font partie, vers le chalet jaune où on trouve six chambres à deux lits. Les cloisons de lattes de bois sont parsemées de morceaux de kleenex blancs qui bouchent des trous permettant de voir dans la chambre d'à côté.

Jocelyne et Agnès partagent la même chambre, et John occupe celle d'en face, tout seul. Car c'est lui le vingt-troisième pensionnaire.

— Les lits sont faits tout de travers, observe Agnès en déposant sa valise. Notdog saute joyeusement d'un lit à l'autre. En enlevant son manteau, Jocelyne voit dépasser de sa poche la lettre que Notdog lui a apportée. Elle l'avait complètement oubliée. Elle s'assoit sur le lit :

— Viens voir, Agnès.

Elle décachette l'enveloppe et commence à lire.

À celui ou celle qui trouvera cette lettre, j'ai pour vous un trésor encore plus précieux que de l'or...

***

Dans son bureau, Mme Ducamp est furieuse.

— Qu'est-ce que c'est que cette histoire de fou !? Non, mais pour qui elle se prend, Bernadette Lague? Elle est à peine enterrée que déjà elle me fait du trouble. Franchement! Me demander de trouver mon héritage en me lançant à la chasse au trésor! Je n'ai pas juste ça à faire, moi.

Elle jette la lettre sur la table aux pattes inégales et tourne alors le dos à Jessie D. Pression qui garde un calme absolu.

— Me faire ça à moi! Sa filleule! Moi qui ai toujours été fine avec elle! Je vais lui dire ma façon de penser, moi, à ma tante Bernadette!

— Euh! si vous me permettez, ce sera difficile, puisque votre tante est décédée, rappelle le notaire.

Elle se retourne vivement:

— Vous croyez ça? Sachez, monsieur D. Pression, que je communique avec les morts, moi!

— Vous?

— Oui, moi. Avec l'aide de ma voyante italienne. Ou de ma médium, plus précisément, la fameuse Mme Pizza.

Un triste sourire éclaire un instant le visage du notaire:

— Mme Pizza, médium. Hi-hi-hi!

— Je ne vois pas ce que ça a de drôle.

— Excusez-moi.

Mme Ducamp prend trois bonnes respirations pour se calmer:

— Non, mais ça ne se peut pas! Des indices complètement farfelus. Morte, elle est encore plus maniganceuse qu'elle l'était vivante! Elle ne l'emportera pas en paradis!

— À mon avis, elle y est déjà, au paradis, murmure le notaire.

— C'est ce qu'on va savoir, et pas plus tard que ce soir. On va voir si vous allez encore trouver ça drôle...

— Moi? Qu'est-ce que j'ai à voir là-dedans? Justement, ce soir je voulais aller voir un film très triste qui...

— Oubliez le film, j'ai besoin de vous. Avec vous, moi et Mme Pizza, il ne manque qu'une personne pour faire une séance de spiritisme...

***

1. *Il faudra d'abord vous rendre à l'Insecte Sauteur.*
2. *Marcher est très bon pour la santé, même si on voyage en tempête.*
3. *Surtout qu'à un moment donné, on pourra récupérer.*
4. *Une fois bien reposé, on prend les*

choses à coeur.

5. *Et on suit le chemin du travail.*
6. *À l'étape, j'en mangerais bien un biscuit.*
7. *Mais je devrai me contenter de l'eau.*
8. *Vous serez alors au courant mais devrez aller jusqu'au bout de la corde.*
9. *Puis la première étoile piquera votre curiosité.*
10. *Et c'est le castor qui révélera mon trésor.*

— Complètement, totalement et absolument incompréhensible, constate Agnès, les yeux toujours rivés sur la lettre que tient encore Jocelyne.

— Moi, je pense que c'est une bague, dit John qui les a rejointes.

— Une blague, John, pas une bague, le reprend Agnès.

Jocelyne, elle, est d'avis contraire:

— Moi, je pense que c'est sérieux. Incompréhensible, mais sérieux. Pourquoi quelqu'un aurait-il écrit ceci pour blaguer? Comme c'est Notdog qui a trouvé la lettre, la personne n'aura pas la satisfaction de voir la tête des gens qui l'ont

ramassée. Non, pour moi, c'est sérieux.

— D'accord, peut-être. Disons que c'est sérieux. Qu'est-ce qu'on fait à partir de là ? demande John.

— Je n'en ai pas la moindre idée, répond Agnès.

La porte s'ouvre. Et Bob Les Oreilles fait une entrée tapageuse, une pile de couvertures grises dans les bras. Il leur en lance deux et prend un air hautain:

— Heille, les flots: désolé, mais comptez pas sur moi pour le feu de camp d'à soir. Parce que Bob Les Oreilles a quelque chose de plus important à faire que de téter avec une gang de morveux. Heille, me vois-tu? Moi, Bob Les Oreilles Bigras en train de chanter des niaiseries autour d'un feu en mangeant du *marshmallow* brûlé?! Y a toujours ben un boutte!

— Et en quel honneur tu nous abandonnes? Tu retournes en prison? ricane Jocelyne.

— On me niaise? Eh bien non, je ne retourne pas en prison: je vais communiquer avec l'au-delà, moi!

— À frais virés? pouffe Agnès.

— Riez tant que vous voulez. Mais ce soir, je vais parler aux esprits! Je suis invité à une séance de spiritisme avec la fameuse médium, Mme Pizza.

— Où ça? Au restaurant italien? éclate John.

Bob Les Oreilles hausse les épaules de dédain. Il voit la lettre ainsi que l'enveloppe jaune à fleurs rouges et il pense: «J'haïs donc ça, ce genre de papier-là. Je me demande pourquoi ils font pas de

papier à lettres avec des motos dessus.»
Il tourne les talons et, juste avant de sortir, il lance:

— Ah oui! ce soir au menu, il y a du boeuf aux légumes et du pouding au riz pour dessert. Bon appétit, les microbes!

Jocelyne soupire:

— Je le savais, je le savais que je n'aurais pas dû venir...

Chapitre IV
I-au-delà-Iti

Jocelyne n'a mangé que du pain. Il est dix-neuf heures et le soir tombe, effaçant les contours de toutes choses, déjà bien imprécises à cause de la brume légère qui flotte dans l'air.

Dehors, Notdog a un plaisir fou à courir dans la boue, alors que ses amis se dirigent vers le feu de camp. La plupart des pensionnaires y sont déjà et ils entendent crier le petit qui voulait s'en aller:

— J'ai froid! J'suis gelé! J'veux que ma mère vienne me chercher!

Ils passent devant le bâtiment en bois rond quand une voiture ancienne s'immobilise près d'eux. La portière du côté du conducteur s'ouvre à l'envers et une

dame d'un certain âge en descend digne-
ment. Elle est très maquillée, assez petite
et pas mal échevelée. Elle porte une
grande cape rouge, des bottes noires en
caoutchouc et des boucles d'oreilles
grosses comme des Frisbee.

— Qui c'est ça? Elle a l'air sortie d'un
film de vampires! dit tout bas Jocelyne.

— Elle a peut-être son cerfeuil dans
le coffre, suggère John.

— Son cercueil, John, pas son cerfeuil,
le corrige Agnès.

Sans les regarder, la tête haute et la
cape traînant dans la boue, elle passe devant eux, monte les escaliers et entre. Curieux, les inséparables s'approchent de la
grande fenêtre du salon qui donne sur la
véranda. À l'intérieur, Mme Ducamp fait
les présentations:

— Ma chère voyante, Mme Pizza,
voici Jessie D. Pression, notaire, et Bob
Les Oreilles Bigras, euh..., animateur de
groupe.

Mme Pizza se prend le front à deux
mains:

— Je vois que monsieur D. Pression a
des problèmes de mélancolie; et que monsieur Les Oreilles machin en a avec la

justice...

— Comment savez-vous que je suis un tantinet mélancolique? demande le notaire, surpris.

— Je suis voyante, monsieur, même si vous n'y croyez pas.

— Moi, j'aimerais donc ça être de même pis voir la police venir de loin... s'exclame Bob. Coudonc, ça sent ben le miel ici tout à coup...

— C'est mon parfum, Eau de miel. Vous aimez? demande Mme Pizza.

Mais Mme Ducamp coupe court aux politesses:

— On commence la séance? Tout est prêt dans la salle à manger.

— Je prendrais un thé des bois avant, pour me mettre dans l'atmosphère.

Et Mme Pizza se cale dans un fauteuil mou.

Passionnée de surnaturel, Jocelyne propose à ses amis:

— On y va?

— Où ça? demande John.

— Mais à la séance!

— On n'est pas invités, précise Agnès.

— Et après? On peut se cacher! Vite, avant qu'ils s'installent.

Avant que ses amis protestent, elle est déjà entrée.

***

À une extrémité de la grande salle à manger, il y a une table ronde réservée à la directrice et aux moniteurs. Dessus, une nappe à carreaux, du papier, un crayon et le testament de Bernadette Lague. Autour, s'installent la médium, le notaire, la directrice et Bob Les Oreilles.

Au-dessus d'eux, une simple ampoule jette un éclairage un peu cru. Non loin de là, une longue table recouverte d'un drap: c'est le comptoir où les pensionnaires vont habituellement se servir à manger. Dissimulés dessous, les inséparables écoutent.

— Joignez vos mains, ordonne la médium, qui ferme les yeux.

Mme Pizza penche la tête à droite, à gauche. Elle prend de grandes respirations. Elle penche la tête en arrière, en avant. Puis s'immobilise. Chacun la regarde attentivement en tenant les mains de ses voisins, osant à peine respirer pour ne pas troubler le grand silence.

La médium donne l'impression de dormir. On dirait même qu'elle ronfle. Mais elle commence à haleter, de plus en plus fort, soulevant par à-coups sa grosse poitrine. Elle parle:

— Bernadette, Bernadette Lague, je t'appelle. Je sais que tu n'es pas loin, car tu viens tout juste de nous quitter. Reviens vers nous, ta nièce veut savoir.

Silence.

— Bernadette, je sais que je te dérange dans ton sommeil éternel, mais c'est important. Je t'attends.

Silence.

Soudain, la médium ouvre les yeux.

— Je sens une présence, plusieurs présences autour de nous. C'est étrange, Bernadette Lague avait cent ans, mais je sens des présences jeunes, on dirait des enfants, oui, des jeunes.

Les inséparables laissent vite tomber le drap qu'ils avaient soulevé pour mieux voir. Sans qu'un son sorte de la bouche de John, on peut lire sur ses lèvres:

— Elle nous a vus?

Les filles font signe qu'elles ne le savent pas. Et Jocelyne regrette d'avoir amené Notdog, pourtant tout à fait immobile.

Mme Pizza reprend, en criant presque, les yeux soudain sortis de la tête:

— Es-tu là, Bernadette? Est-ce toi que je sens? Toi qui as toujours été jeune de coeur? Si tu es là, frappe trois coups.

Le vent se lève. Et on entend toc! toc! toc! venant on ne sait d'où. Puis un autre toc! venant de la tête d'Agnès qui se frappe contre la table.

— Pourquoi quatre coups, Bernadette? demande la médium.

— Probablement parce qu'elle a toujours fait à sa tête, répond la directrice.

Agnès se tient la tête à deux mains. Elle aura un beau bleu sur le front demain.

Tout à coup, Mme Pizza s'affole:

— Elle est là! Parlez-lui! Elle écoute!

La médium saisit le papier et le crayon pour écrire les réponses qui viendront à travers elle. L'ampoule se balance. Mme Ducamp, en colère, demande:

— Ma tante Bernadette, veux-tu bien me dire ce qui t'est passé par la tête? Est-ce que je méritais ça? Moi qui me suis toujours occupée de toi... Comment veux-tu que je trouve mon héritage avec des indications incompréhensibles? Es-tu virée folle? Je veux savoir tout de suite où tu l'as caché! M'entends-tu!?

La médium écrit sans arrêt. Mme Ducamp continue:

— J'espère que tu as déjà rencontré maman en haut et qu'elle te chicane pour ça! Elle avait beau avoir presque vingt ans de moins que toi, elle était sérieuse, elle, au moins!

La médium écrit toujours.

— Arrête de niaiser là, s'il te plaît. Dis-moi sagement où tu as caché mon héritage et je vais te faire chanter une messe.

Mme Pizza commence à ralentir:

— Bernadette fait signe qu'elle veut repartir. Avez-vous une dernière question avant qu'elle s'en aille?

— Comment ça, déjà repartir! Elle fait exprès! Dix messes! Dix messes que je vais te faire chanter, ma tante!

— Vite, je sens qu'elle s'en va!

— Comment c'est, en haut? demande la directrice.

Le vent souffle, un battant de la fenêtre claque, les rideaux se soulèvent et Bob Les Oreilles bâille, déçu. Il aurait aimé demander s'il y a des beignes à l'érable au paradis.

Mais qui va trouver le trésor ?

Épuisée, à bout de souffle, Mme Pizza dépose son crayon, referme les yeux. Elle balance la tête à gauche, à droite, en avant, en arrière. Elle prend de grandes respirations qui finissent en un râle. Le vent cesse tout à coup. Et la médium ouvre les yeux:

— C'est fini. Mais je sens encore des présences jeunes.

— Normal, c'est un camp de vacances, conclut la directrice, pressée de prendre connaissance des écrits.

Elle les saisit, les lit, puis rougit:

— Mais enfin, elle rit de moi! Elle me répète que tout est dans le testament! Dans les indices! Et même pire: elle dit qu'il y a deux testaments identiques! Et que l'héritage ira au premier qui va trouver le trésor!

— Et de l'au-delà, que dit-elle? demande timidement le notaire.

— Ceci.

La directrice tend une feuille où il n'y a qu'un long hi-hi-hi! Comme un rire.

C'est à ce moment-là seulement que Bob Les Oreilles s'est rappelé que traînait sur le lit de Jocelyne une enveloppe identique à celle contenant ce testament-ci.

***

La nuit a été longue.

Après avoir relu douze fois la lettre et surtout cherché à en comprendre les indices, Jocelyne a mis du temps à s'endormir. Et son sommeil ne fut pas reposant du tout. Car elle a rêvé qu'elle était coincée sous une table et qu'elle était entourée de mille paires de jambes qui la cherchaient. Étouffée par ce mur de mollets, elle sentait son coeur battre si fort qu'elle avait peur qu'ils l'entendent.

Elle voyait bien une issue, tout au bout de la longue, longue table, mais une force terrible la retenait clouée sur place. Chaque mouvement qu'elle essayait de faire prenait au moins cent ans, comme si son corps pesait une tonne.

John, lui, a rêvé qu'il parlementait avec des esprits malins. Il essayait de les convaincre de le laisser partir en leur expliquant qu'il ne leur voulait pas de mal. Mais les mots sortaient tout de travers. Comme dans la réalité. Il voulait dire: «Je ne vous ferai pas de mal.» Mais ce qui sortait de sa bouche était: «Je vous étoufferai au bal.»

Il se réveillait parfois en sueur, mais Notdog était là pour le rassurer. Jocelyne lui avait prêté son chien, car John était seul dans sa chambre.

Agnès, quant à elle, entendait des portes grincer, des tiroirs s'ouvrir, des pieds buter contre des meubles. Elle s'endormait, se réveillait, se rendormait et ne savait plus très bien si tous ces craquements, grincements et bruissements étaient réels ou cauchemardesques.

Elle se sentait entourée d'esprits vengeurs et elle avait si peur qu'elle n'osait même pas se retourner dans son lit. L'air froid qui pénétrait alors sous les couvertures la faisait frissonner encore plus.

Le lendemain matin, le temps était partiellement couvert et assez frais.

L'enveloppe à fleurs et son contenu avaient disparu. Celle de Mme Ducamp s'était aussi volatilisée. Et Bob Les Oreilles Bigras était introuvable.

Chapitre V

Ça ne fait pas l'ombre d'un doute qu'il y a toujours un doute

— Hum, c'est bon! dit John.

— C'est copieux! ajoute Agnès.

— Ça me dégoûte, ronchonne Jocelyne, jouant dans son assiette de choucroute sans prendre une bouchée.

Dans la grande salle à manger, il est midi et demi. Et il n'y a plus traces de l'esprit de Bernadette Lague. Seulement deux douzaines d'enfants qui se divisent en deux groupes: ceux qui aiment la choucroute et ceux qui la détestent.

Notdog attend patiemment à côté de

Jocelyne que sa maîtresse lui refile son assiette. Il l'engloutira en quinze secondes, ravi qu'elle soit si difficile, car il hérite alors de tout. Au moment où elle se rabat sur son jello rouge pour se nourrir un peu, Mme Ducamp les rejoint enfin:

— Désolée de vous avoir fait attendre, mais il fallait absolument que je m'occupe de l'épicerie. On va vous servir un bon filet de turbot ce soir.

Jocelyne a un haut-le-coeur. Mais la directrice ne remarque rien et reprend:

— Bon, récapitulons. Vous avez assisté à la séance d'hier, cachés sous la grande table. C'est donc pour ça que Mme Pizza sentait des présences jeunes. Elle est vraiment excellente médium, mais enfin bref. Ensuite...

— On est ressortis sans que personne nous voie, puisque vous étiez retournés au salon, enchaîne Agnès.

— Oui, bien. Et une fois de retour à vos chambres...

— Non, avant, juste en sortant, j'ai regardé sur la table et j'ai vu que l'enveloppe à fleurs ressemblait à celle que Notdog m'a rapportée, précise Jocelyne.

— Après, on s'est assurés que la nôtre était identique et on a décidé de venir vous la montrer ce matin, dit Agnès.

— On était bien contents d'avoir la deuxième lettre; ça vous simplifiait beaucoup les choses, poursuit John.

— Et je suis ravie que vous soyez venus m'avertir. D'autres auraient gardé le silence et probablement le trésor. On ne peut se fier à personne de nos jours, aucune générosité! s'enflamme Mme Ducamp.

Jocelyne proteste:

— Euh! ce n'est pas si pire que ça. Il y a des gens généreux: mon oncle Édouard et Steve La Patate et le Chef et même Dédé Lapointe; enfin au village il y a plein de gens honnêtes et gentils et...

Mme Ducamp la coupe:

— Oui, bon, d'accord, mais revenons à nos moutons. Donc, lorsque vous avez voulu venir me voir, ce matin, votre lettre avait disparu. Et la mienne aussi.

— Ainsi que Bob Les Oreilles Bigras, termine John.

La directrice frappe son index contre sa bouche en réfléchissant. Puis:

— Il y a au moins une bonne nouvelle: vous aviez la deuxième lettre. Un problème de réglé. Par contre, je n'en ai pas de copie. J'ai vérifié auprès du notaire, il n'en a pas, lui non plus. Il va falloir mettre nos têtes ensemble pour bien nous en souvenir. Il faut battre Bob de vitesse avant qu'il trouve l'héritage, car c'est évidemment lui, le voleur.

— Oh! Je ne serais pas si pressée que ça. Ça me surprendrait beaucoup que Bob Les Oreilles réussisse à déchiffrer les indices. Ce n'est pas vraiment ce qu'on appelle une lumière, dit Agnès.

— C'est vrai, il est loin d'être une bulle, renchérit John.

— Une bolle, John, pas une bulle.

La directrice regarde Notdog:

— Et ton chien, Jocelyne, il pourrait peut-être nous aider?

— Notdog est un as détective, mais j'ai peur qu'il ne puisse pas faire grand-chose. Il faudrait qu'il ait une piste quelconque à suivre.

Mme Ducamp réfléchit:

— Je comprends le premier indice: *Il faudra d'abord vous rendre à l'Insecte Sauteur*. Ça, c'est ici: l'insecte sauteur, c'est une puce, donc, le Camp Puces.

Elle se lève:

— Je vais faire préparer le nécessaire

pour une expédition. Habillez-vous chaudement. Nous partons dans une heure à la chasse au trésor. À mon âge! Cinquante ans! Je vais m'en souvenir de celle-là!

***

Le soleil est au rendez-vous, mais il est accompagné d'un vent du nord-ouest qui rappelle l'hiver qu'on croyait fini. Dans leur chambre, les inséparables se préparent. Agnès enfile un gros chandail de laine blanc, tricoté en Irlande:

— Tout indique que Bob est notre voleur; mais si ce n'était pas lui? L'été dernier, on a eu l'occasion de constater qu'il ne faut pas se fier aux apparences...

Jocelyne passe un pantalon doublé hérité de sa mère:

— Dans ce cas-ci, comme il y a un trésor en jeu, c'est tentant pour tout le monde. En commençant par la directrice. Et si c'était elle qui nous avait volés? Elle nous amènerait en expédition juste pour nous écarter et pour être certaine que personne ne lui volerait le trésor. Puis elle nous perdrait dans les bois et c'est Notdog qui nous sauverait, éloignant les loups et les ours affamés et...

— Hé! ho! Calme ton imagination un peu! Tu te racontes des histoires de peur, là! Et puis Mme Ducamp ne savait pas qu'on avait la deuxième lettre, dit Agnès.

— Moi, je pense que la Mme Pizza toute garnie pourrait très bien avoir volé la lettre de la directrice, lance John en entrant.

— Tu es habillé comme un oignon! Tu vas crever de chaleur! Tu as mis combien de chandails? demande Jocelyne.

— Cinq. Tu crois que c'est trop? Ce que je disais, c'est que la médium aurait pu décider que l'héritage serait à elle et emporter la lettre qui traînait là, en partant. Elle avait juste à faire semblant qu'elle avait oublié quelque chose dans la salle à manger. Ç'aurait été facile pour elle de trouver l'emplacement, avec son pouvoir de gérance.

— De voyance, tu veux dire, pas de gérance. Ce n'est pas bête, ton idée, dit Agnès.

— Et le notaire? Après avoir apporté le testament à la directrice, il est peut-être reparti avec la lettre, lui aussi, en donnant la même excuse. Un trésor, ça soulagerait peut-être un peu sa tristesse.

Il a l'air tellement malheureux, observe Jocelyne.

— C'est possible. Mais ni Mme Pizza ni le notaire n'ont pu nous voler notre lettre à nous, car ils n'étaient pas au courant qu'on l'avait. Il n'y a que Bob qui est entré ici, dit Agnès en chaussant ses bottes de caoutchouc.

La voix de Mme Ducamp leur parvient du dehors:

— Vous êtes prêts?

Les trois inséparables ramassent leurs gants et leurs impers. Ils sortent en vitesse, suivis de Notdog qui saute partout, heureux d'aller se dégourdir les pattes.

— Par où on commence? demande John.

La directrice hésite:

— Euh! je ne sais pas. J'ai oublié les indices. Tous les indices. Vous vous en souvenez, j'espère?

— Bien, non, pas vraiment, dit John.

— Je ne les ai pas appris par coeur, ajoute Agnès.

Et tout le monde se tourne vers Jocelyne.

***

Pendant ce temps, caché dans une grange et calé dans le foin, Bob Les Oreilles Bigras s'arrache les cheveux.

— C'est quoi, ça, un insecte sauteur? Une sauterelle? Une mouche noire qui a perdu une aile? Ou bedon un maringouin-kangourou?

Il mord dans un beigne à l'érable qu'il vient juste de voler. Plein de miettes sucrées tombent sur lui.

— *Marcher est très bon pour la santé.* Ça, c'est elle qui le dit. Moi, ça me donne des crampes aux orteils. *Même si on voyage en tempête.* Faut être nono pour sortir dans ce temps-là. Entécas.

Il lèche ses doigts collants de glaçage.

— *Surtout qu'à un moment donné, on pourra récupérer.* Ouan. M'a dire comme on dit, ça veut rien dire pantoute.

Il se cure les dents avec l'ongle de son petit doigt.

— *Une fois bien reposé, on prend les choses à cœur.* Moi, je pense que c'est écoeurant de niaiser le monde de même. *Et on suit le chemin du travail.* Travailler? Moi? Jamais!

Il se gratte le fond des oreilles.

— *À l'étape, j'en mangerais bien un*

biscuit. Hi-hi-hi! Ça doit être dans un Rest-Oréo. Hi-hi-hi! Bon. *Mais je devrai me contenter de l'eau.* J'aimerais mieux une bière d'épinette.

Il se gratte en dessous des bras.

— *Vous serez alors au courant mais devrez aller jusqu'au bout de la corde.* Aussi bien se pendre avec sa corde que d'essayer de comprendre son chinois. *Puis la première étoile piquera votre curiosité.* Bon, on tombe dans la poésie, astheure. J'aime mieux piquer des beignes.

Il se mouche dans la manche de son chandail.

— *Et c'est le castor qui révélera mon trésor.* Pour moi, il est tout en pièces de cinq cennes, son trésor.

Il replie la lettre et la met dans une poche de son blouson en jean, sur lequel il essuie ses doigts.

— Ouan, ça me donne mal à la tête, ces niaiseries-là. Je comprends rien. Va falloir que je trouve un autre moyen.

Il s'étend dans le foin et rote un peu.

Mais il n'est pas tout seul à se creuser les méninges. Ils sont plusieurs à le faire, ici au Camp Puces et ailleurs.

Mais qui va trouver le trésor ?

Chapitre VI

Qui va à la chasse a de la misère à trouver sa place

Dans la cour du Camp Puces, la pression qui pèse sur les épaules de Jocelyne est énorme. Oui, elle a lu les indices plusieurs fois la veille. Oui, elle les connaît par coeur. Mais pressée de questions, elle oublie tout. C'est comme si la mémoire, la parole et l'intelligence l'avaient quittée. De les voir tous agglutinés autour d'elle à lui demander et redemander de se souvenir, cela la fait paniquer.

Mme Ducamp s'impatiente:

— Écoute, Jocelyne, il faut que tu t'en

souviennes! Sinon je perdrai mon héritage à cause de toi!

Agnès se fâche et s'interpose:

— Vous n'aviez qu'à vous en souvenir vous-même! Laissez-la tranquille.

Elle attire son amie un peu à l'écart et s'assoit avec elle sur une balançoire. Jocelyne a les larmes aux yeux:

— Je ne m'en souviendrai jamais! Je ne suis pas capable!

— Écoute, Jocelyne. Ce n'est pas grave. Malgré ce que dit Mme Ducamp, on n'est pas pressés. Bob Les Oreilles, à mon avis, il ne sait pas lire. On peut remettre l'expédition à demain, si tu veux. Ou même à un autre jour. Tout le temps que ça prendra pour que ça te revienne.

— Et si ça ne me revient jamais? demande Jocelyne.

— Alors peut-être que le trésor ne sera jamais découvert. Et après? Dans le fond, j'aime peut-être mieux les trésors cachés que découverts.

— Un trésor découvert, ce n'est plus un mystère. C'est vrai, soupire Jocelyne.

En attendant les développements, John joue avec Notdog. Il lui lance un bout de bois et Notdog l'attrape au vol en sautant bien haut. John crie à Jocelyne:

— Wôw! L'as-tu vu sauter?

Agnès remarque:

— Tiens, John n'a pas fait de fautes. Peut-être que son français s'améliore enfin. Je me serais attendue à ce qu'il dise quelque chose comme: «L'as-tu vu santé?»

Jocelyne sursaute:

— Santé! C'est ça, santé. Agnès, je m'en souviens maintenant. Le deuxième indice c'est: *Marcher est très bon pour la santé, même si on voyage en tempête.*

— Allons-y.

Les deux filles vont rejoindre Mme Ducamp qui lance un grand cri de soulagement et demande à Jocelyne de l'excuser de s'être emportée. Jocelyne saute au cou de John, étonné de cette tendresse soudaine, en lui disant qu'il est génial. Et maintenant qu'on connaît l'indice deux, il faut trouver ce que ça signifie.

— Ça ne peut être autre chose que le chemin à prendre, observe Agnès, logique.

Il y en a quatre qui partent du Camp Puces. La directrice les énumère:

— Le chemin des Bûcherons, la montée Poliquin, le chemin Hurle-Vent et le

57

rang des Lilas.

John fait ses déductions:

— Ni les bûcherons, ni les lilas, ni le nom Poliquin n'ont de rapport avec la tempête. Hurle-Vent, oui. C'est donc ce chemin-là qu'il faut prendre.

— Je l'ai dit tantôt, il est génial, conclut Jocelyne.

Et c'est un départ.

Le chemin Hurle-Vent est une route où on trouve plusieurs maisons assez éloignées les unes des autres. La plupart font office de maisons de campagne pour citadins. Et quelques-unes sont de petites fermes où on élève une vache, un cheval, trois poules...

Les champs sont balayés par les vents violents de l'hiver qui font tourbillonner la neige — d'où le nom —, ce qui cause le grand déplaisir des automobilistes, mais le grand bonheur des enfants.

Notdog précède la troupe et, çà et là, un chien de garde jappe. Mais comme ces chiens sont tous attachés solidement, Notdog prend des allures de brave. Les inséparables et Mme Ducamp avancent d'un bon pas. Il fait froid, mais le soleil du printemps les réchauffe un peu. Un geai bleu vole un instant devant eux. La directrice s'arrête et fait un effort pour parler calmement:

— Je ne veux pas te brusquer, Jocelyne. Mais je me pose une question: «Le chemin Hurle-Vent doit avoir un bon quinze kilomètres, alors jusqu'où on va, comme ça?»

Sûre d'elle, Jocelyne répond:

— Je me souviens très bien de l'indice trois: *Surtout qu'à un moment donné, on pourra récupérer.* On ne marchera donc pas quinze kilomètres.

Mais ils en marcheront quand même quatre. Sans rien voir qui ressemble à un banc, à une table de pique-nique ou à un semblant d'aire de repos où effectivement ils pourraient récupérer. À un tournant du chemin, Agnès aperçoit deux grosses masses vert pomme.

— Qu'est-ce que c'est? demande-t-elle à Mme Ducamp.

— Ah! nous aussi, dans la région, on prend le tournant écologique; ce sont des cloches de récupération pour le papier et le verre.

Elle s'interrompt soudain. Et les inséparables s'immobilisent. Ils ont compris en même temps.

— Mais oui! Des cloches à récupérer! C'est sûrement là qu'on s'arrête, s'exclame Agnès.

Et une fois sur place, après une heure et demie de route, toute la troupe a en effet besoin de récupérer. Pas du papier, mais ses forces, cette fois-ci.

***

Mme Ducamp sort de son sac à dos des brioches aux raisins et des friandises aux graines de sésame. Même si Jocelyne est affamée, elle se contente des graines de sésame et elle donne sa belle brioche molle à Notdog qui n'en fait qu'une bouchée.

Agnès sort son crayon et le papier sur lequel elle note les indices que Jocelyne donne à mesure que la troupe avance et que son amie s'en souvient. Le crayon en l'air:

— Alors, au suivant.

— Euh!... Je ne m'en souviens pas.

C'est la consternation. La directrice vire au blanc et manque de perdre connaissance. Jocelyne se met à rire:

— Mais oui, je m'en souviens! Je voulais juste vous faire une blague. L'indice quatre, c'est: *Une fois bien reposé, on prend les choses à coeur.*

Il y a deux chemins qui partent d'où ils sont. À gauche, le chemin du Loup. À droite, le rang Carron.

— Je dois dire que je ne vois aucun rapport entre le coeur, le loup et le nom Carron, avoue John.

— On n'y arrivera jamais, se décourage déjà Mme Ducamp.

Jocelyne cherche:

— Le chemin du coeur, c'est le chemin du sentiment, de la joie, de la peine, euh! de l'amour aussi. Non, ça ne va pas. Pourtant, je sens qu'on brûle.

Agnès se concentre:

— Le coeur, le coeur qui bat, la poitrine.

Jocelyne se touche:

— Le coeur est là, à gauche... Mais oui! Le coeur est à gauche! Donc, on prend la gauche, le chemin du Loup.

— Vraiment, ma tante Bernadette, tu aurais pu m'éviter ça, ronchonne la directrice.

Et tout le monde vire à gauche.

Le chemin pénètre rapidement dans

les bois. Et ils n'ont pas marché plus de dix minutes qu'ils arrivent à une fourche.

Jocelyne déclame, comme s'il s'agissait d'une réplique de théâtre:

— *Et on suit le chemin du travail,* indice cinq.

Sauf qu'il n'y a pas de noms, pas de pancartes, aucun signe particulier qui ait un lien même très lointain avec le travail.

Sous leurs pieds, un chemin de terre avec des pierres assez grosses pour qu'on puisse s'asseoir dessus et des pousses d'arbres qui bourgeonnent déjà. Dans un fossé, quelques tas de neige qui seront fondus dans une semaine. Et tout autour d'eux, des sapins touffus, surtout massés à gauche. Alors qu'à droite dominent de très hauts bouleaux blancs.

Agnès ramasse un morceau d'écorce par terre et s'appuie sur une roche:

— Ce n'est pas évident.

Les autres font signe que non.

— Réfléchissons. Il doit y avoir un signe. Travail, travail, travail. À quoi ça vous fait penser? demande-t-elle.

— À l'école, répond John.

— Euh! à manger des légumes... Pour moi, c'est un travail, avoue Jocelyne.

— Ah bon! Tu dois être malheureuse au camp, d'abord, remarque la directrice.

— Non! Non! C'est juste les légumes... et le riz aussi... et la choucroute... et...

— On n'arrivera à rien à parler de menu, s'énerve Agnès.

— C'est vrai, s'excuse Jocelyne.

— Alors, comme disent les Français, on se remet au boulot, décide Agnès.

Dans la tête de Jocelyne, le déclic se fait. Elle court embrasser Agnès:

— Maintenant, c'est toi qui es géniale! Regardez: un chemin bordé de sapins, un chemin bordé de bouleaux. Boulot égale travail. On prend le chemin des bouleaux.

Épatés d'eux-mêmes, ils se remettent vite en branle. Et ils sont tellement excités d'avoir résolu cette énigme que personne ne remarque les traces fraîches. Des traces qui remontent à dix minutes tout au plus. Personne, sauf Notdog qui s'y attarde. Jocelyne l'appelle plusieurs fois:

— Qu'est-ce qu'il y a? Tu ne veux plus venir?

Il hésite.

— Allez, mon chien, viens! On n'a pas de temps à perdre.

Sans enthousiasme, Notdog reprend la

Mais qui va trouver le trésor?

route. Et le vent qui souffle dans sa face ne lui permet pas de sentir la présence pourtant malodorante qui les suit.

Le chemin qu'ils suivent pendant près d'une demi-heure est boueux et très étroit. À certains endroits, il disparaît même sous des touffes d'herbes mortes. Dans le ciel, c'est le soleil qui disparaît souvent derrière les branches nues des grands arbres qui les enserrent.

Il fait froid. Jocelyne a les joues rouges, Agnès, le chandail remonté par-dessus le nez. La directrice souffle dans ses mains et Notdog a le poil autour du nez tout plein de gouttes d'eau glacées. Il n'y a que John qui sue sous ses cinq chandails.

À l'étape, j'en mangerais bien un biscuit. Indice six. *Mais je devrai me contenter de l'eau.* Indice sept. Ils arrivent à une clairière au milieu des bouleaux. Elle est bordée d'épinettes et de pins cette fois, de hêtres aussi, de quelques ormes, d'un bel érable et d'un gros chêne.

— Je mettrais ma main au feu que c'est ici, le pape, dit John.

— L'étape, John, pas le pape. Ça m'en a tout l'air, en effet. C'est un endroit idéal pour une pause, acquiesce Agnès.

Jocelyne s'installe sur une grosse branche de pin. John fouille dans le sac à provisions. Mme Ducamp fait le tour de la clairière et Agnès va s'asseoir au pied de l'érable. Juste à côté d'elle coule un ruisseau gonflé par la fonte des neiges. Elle y plonge les mains et boit son eau désaltérante, mais glacée. Elle réfléchit :

«Quel rapport avec les biscuits? Décidément, Bernadette Lague a dû s'amuser en composant ses indices.»

Elle ramasse une feuille d'érable tombée de l'automne passé et en fait tourner la tige entre ses doigts gantés. Elle en ramasse une autre, plus petite. La feuille est découpée parfaitement, avec ses trois pointes, ses nervures. «Comme un biscuit en forme de feuille d'érable», pense-t-elle. Elle regarde le ruisseau. *Mais je devrai me contenter de l'eau.* Elle saute sur ses pieds et se met à crier :

— John! Jocelyne! Madame Ducamp! Venez, j'ai trouvé! C'est bien ici, l'étape.

Elle explique sa déduction, que personne ne met en doute. Et ils repartent tout de go, longeant le ruisseau.

Pendant le trajet, Jocelyne formule l'indice numéro huit : *Vous serez alors au*

*courant mais devrez aller jusqu'au bout
de la corde.*

Mme Ducamp marmonne:

— Je vais lui en faire, moi, une corde.
C'est ça que je vais aller mettre sur sa
tombe au lieu des fleurs.

Ils arrivent très vite à un lac. Un beau
lac dont les rives sont inhabitées. Le soleil fait briller les vaguelettes soulevées
par le vent, et le bleu du ciel donne à
l'eau une couleur de paradis.

Des collines couvertes de sapins entourent le lac, et le paysage serait d'une
grande beauté s'il n'y avait pas à l'horizon des pylônes qui gâchent la vue.

Un grand sourire apparaît sur le visage
de Mme Ducamp:

— Enfin! Je commençais à être gênée
parce que c'est toujours vous autres qui
avez déchiffré les indices. Vous comprenez, on vient qu'on se sent mal à l'aise,
et ma fierté d'adulte était en train d'en
prendre un coup. Mais cette fois-ci, j'ai
compris.

Les inséparables lèvent des yeux inter-
rogateurs. Elle explique:

— Être au courant, c'est savoir. Donc,
on sait qu'on est ici.

Les inséparables ne disent pas un mot.

— Si on sait qu'on est ici, on n'est pas loin, vous comprenez?

Ils font signe que non.

— Oui. Bon. Moi non plus. Je ne sais plus. D'accord, je me suis trompée. Ça arrive! C'est trop idiot. On va rester bloqués ici, si près du but. À l'indice huit!

La directrice a soudain les yeux pleins d'eau. Agnès lui prend les mains doucement, essaie de la consoler:

— Jusqu'à maintenant on a toujours trouvé. Calmez-vous, là. On va réfléchir.

Jocelyne regarde au loin, comme si l'horizon pouvait l'aider. John a enlevé ses lunettes et se frotte les yeux, comme s'il pensait mieux ainsi. Jocelyne plisse les yeux pour mieux voir les détails des pylônes au loin.

— Le mot *courant,* ça veut dire aussi électricité, non? demande-t-elle.

John suit son regard:

— Et les pilotes transportent l'électricité.

— Les pylônes, John, pas les pilotes! Les pylônes, bien sûr! Ça ne peut être que ça. On les suit alors.

Mme Ducamp s'essuie les yeux:

— Félicitations! Vraiment...

Ils marchent quelques minutes et ils arrivent à une corde de bois bien alignée.

— Pour une fois, c'est facile. *Le bout de la corde,* c'est ici, c'est sûr. Et ensuite? demande John.

— Il ne reste que deux indices. Le neuvième: *Puis la première étoile piquera votre curiosité,* dit Jocelyne.

Agnès a maintenant l'esprit bien exercé à déchiffrer les indices; tout lui semble très clair. Elle explique donc:

— La première étoile qui apparaît le soir, c'est l'étoile Polaire.

— Et l'étoile Polaire, c'est l'étoile du nord. Il faut aller vers le nord. Mais où est le nord? demande John.

C'est ici que Mme Ducamp, muette depuis les pylônes, intervient:

— J'ai apporté une boussole! Quand on part en expédition, il faut toujours en avoir une avec soi.

Elle la sort de son sac. Et ils repartent dans la direction que pointe l'aiguille. En fait, on suit la rive du lac.

Dix minutes plus tard, John s'écrie:

— Attention! Il y a un nid de crêpes!
Agnès s'immobilise:

— De guêpes, John, pas de crêpes!

— Vous croyez que c'est ça que Bernadette Lague voulait dire par *piquera votre curiosité?* demande Jocelyne.

— Si c'est ça, on est alors tout près du trésor, conclut Agnès.

Ils attendent tous fébrilement de Jocelyne le dernier indice. Elle regarde autour, s'examine les ongles, essuie de la boue collée sur sa manche droite. Ensuite, elle replace le col de son manteau. Agnès se fâche presque:

— Écoute, arrête tes simagrées. D'après moi, tu t'en souviens très bien et tu veux juste nous faire languir.

— Tu crois?

— Oh oui! Même que je n'en reviens pas de ta mémoire! Tu t'es souvenue de tout!

Flattée, Jocelyne décide de ne pas les faire attendre plus longtemps:

— O.K. Je vais être fine avec vous.

Elle pointe le lac un peu plus haut:

— Le trésor est là!

La directrice, pressée de trouver son héritage, s'écrie:

— Où ça, là? Je ne vois rien.

— *Et c'est le castor qui révélera mon*

trésor. Vous voyez là? Le monticule de branches? leur montre Jocelyne.

— Une cabane de castor! Il est là-dedans, allons-y vite, propose Agnès.

Ils accourent. Mais une fois sur place, ce n'est pas un castor qu'ils rencontrent, mais un ours. Un ours affamé à cause de ses longs mois de jeûne.

Chapitre VII
La belle et l'air bête

L'ours les a vus. Un bel ours noir au poil épais. Qu'on aurait le goût de prendre dans ses bras et de caresser. Mais qui s'avance vers eux, le nez en l'air, humant des odeurs qui semblent l'attirer.

Agnès reste paralysée. «Surtout ne pas courir. Il pourrait courir après nous. Ne pas l'effrayer. Les ours attaquent rarement les humains, mais ils sont imprévisibles. Avec un peu de chance, il va s'en aller», pense-t-elle, pas du tout convaincue.

John retient son souffle. «Faire le mort, il me semble que c'est ça qu'il faut faire, ne pas bouger. Et surtout ne pas aller se réfugier dans un arbre, car les ours sont des super grimpeurs», se souvient-il de ce que son père lui a enseigné.

Mme Ducamp fixe l'animal d'un regard affolé. «Les gâteaux et les biscuits dans mon sac, c'est ça qu'il doit sentir, il va sauter sur moi, je le sens», se dit-elle.

«Il doit avoir faim, ça fait six mois qu'il n'a pas mangé. Celui-là n'a pas l'air très gros, mais il doit peser presque cent kilos. Qu'est-ce qu'on va faire?», se demande Jocelyne qui tente un pas de côté.

Mais l'ours s'approche d'elle.

«Oh! oh! Jocelyne est en danger! À moi de jouer!», pense Notdog qui bondit alors vers l'ours en jappant le plus fort qu'il peut.

Horrifiée et prise de panique devant le risque que court son chien, Jocelyne se met à hurler:

— Notdog! Viens ici! Notdog! Non! Tu vas te faire tuer! Sauve-toi, Notdog!

Mais Notdog se met déjà à tournoyer autour de l'ours en jappant sans arrêt. L'effet est immédiat: l'ours se détourne de Jocelyne et se lève sur ses pattes de derrière, de mauvaise humeur.

Notdog continue sa provocation de plus belle et montre les crocs. «Allez, mon gros-maigre, cours après moi maintenant!

Et attrape-moi si t'es capable», semble-t-il japper à l'ours.

L'ours, trouvant tout à fait désagréable cette espèce de petit paquet de nerfs jaune au long nez, essaie de s'en débarrasser d'un coup de grosse patte avant. Mais Notdog recule, très vif, sans pourtant abandonner son entreprise de sauvetage.

Il talonne l'ours, s'approchant le plus près possible, jappant, grognant, puis s'éloignant. Excédé, l'ours décide de lui régler son affaire et le prend en chasse. Notdog s'élance dans la forêt, l'ours à ses trousses.

Jocelyne pleure en criant:

— Notdog! Notdog, reviens!

Elle veut le suivre, mais Mme Ducamp la retient:

— Si ton chien est agile, il va s'en sortir.

— Oui, mais ça court vite, un ours! Ça peut faire du cinquante kilomètres à l'heure! Pas Notdog!

Mme Ducamp ne sait pas quoi dire.

— Il va se faire tuer! Notdog! Mon chien! crie Jocelyne entre deux sanglots.

Agnès s'approche, essaie tant bien que mal d'être convaincante:

— Il va revenir, c'est un fin finaud, Notdog. Il va le déjouer, tu vas voir. Il va même l'épuiser, je suis sûre. Et tu peux être fière de lui: il nous a sauvé la vie probablement. Veux-tu un kleenex?

C'est alors qu'une voix se fait entendre derrière eux:

— Jamais je n'aurais pensé que mon parfum au miel aurait tant d'effet sur un ours...

John, Jocelyne, Agnès et Mme Ducamp se retournent vivement. Mme Pizza est là, un revolver à la main.

— Ma chère médium! mais qu'est-ce

que c'est que ce revolver? demande la directrice, incrédule.

— C'est un vrai. Et je n'hésiterai pas à m'en servir si vous n'allez pas sagement près de ces arbres, là. Et toi, les broches, tu vas attacher tout le monde.

Elle tend des cordes à Agnès qui exécute sa tâche répugnante sous la surveillance constante de la médium, qui attache Agnès à son tour.

— J'étais sur le point d'abattre cet ours quand je vous ai entendus venir. Le sauvetage par l'horrible chien était touchant. Je ne donne pas cher de sa vie.

Jocelyne pleure de plus belle.

— Je ne comprends pas, dit Mme Ducamp.

Mme Pizza sourit méchamment:

— Ah non? C'est pourtant simple. Il y a un trésor, et je veux ce trésor. Voyez-vous, j'en ai assez de parler avec les esprits. Enfin, c'est ce que j'ai fait croire à tout le monde. Et, ma foi, je suis assez fière de mes performances. Elles sont tout à fait convaincantes, n'est-ce pas?

— C'était du théâtre? s'indigne la directrice.

— Que voulez-vous que ce soit? Les

morts sont bien là où ils sont et ne reviennent jamais nous visiter! Parler avec les morts! Non, mais faut vraiment être complètement insignifiants pour croire à ça!

— Et toutes nos séances? Les coups, le vent de l'autre soir..., dit Mme Ducamp dans un souffle.

— Du bluff! C'est très facile de berner les gens qui veulent croire... Et les coups! C'était moi, sous la table. Ça ne paraît jamais. Et le vent qui soulève les rideaux? Eh bien! j'ai été chanceuse, il s'est levé tout seul, comme ça arrive souvent à la tombée de la nuit. Vous devriez le savoir.

Blessée, roulée et maintenant volée, la directrice se tait.

— Mais comment avez-vous su qu'il y avait deux testaments comme vous l'avez écrit sur les feuilles, pendant la séance? demande Agnès.

— Oh! je peux quand même me vanter d'un certain don de voyance. J'ai toujours été comme ça, d'ailleurs. Je suis très sensible aux ondes, aux présences et aux gens. Et je peux même lire dans leurs pensées, parfois. Mais je ne sais pas du tout comment je fais ça. Quelqu'un autour de la table devait être au courant qu'il y avait deux testaments.

— Ça n'a rien à voir avec les esprits, murmure Mme Ducamp.

La médium continue:

— Exactement, ma chère. C'est un peu mystérieux, bien sûr, mais il n'y a rien de surnaturel là-dedans. Et ce n'est pas tout: je suis très intelligente aussi. J'ai tout compris des indices de la lettre que je vous ai dérobée, madame. Je suis même arrivée ici avant vous. Et sans cet ours, j'aurais déjà votre héritage entre les mains. Je disparaîtrai et vous ne me retrouverez jamais. Je vais me volatiliser, comme un esprit. Bon, assez de temps perdu.

Elle se rend près de la maison abandonnée des castors et elle commence à chercher. Elle grimpe et saute dessus, donne des coups de pied, essaie de faire un trou avec ses talons: rien ne cède. La construction est solide comme du ciment.

Mme Pizza perd l'équilibre et tombe en glissant. Elle remonte, à genoux cette fois. Et au sommet du monticule, elle aperçoit, aux trois quarts dissimulé sous des branches détachées, le trou d'aération de la cabane.

Les mains tremblantes, elle le dégage

complètement. À l'intérieur, il y a bel et bien un coffret. Elle le tire de là et l'apporte près des prisonniers:

— Vous aurez au moins la consolation de jeter un coup d'oeil sur ce que vous perdez.

Elle caresse le coffret et, à l'instant où elle va tourner la clé qui dépasse de la serrure, une autre voix retentit. Une voix qui semble venir de partout, une voix d'outre-tombe.

— Ne touche pas à ce coffret!

Mme Pizza se retourne, mais ne voit rien ni personne. La voix reprend:

— Laisse tomber le coffret, voleuse! Et plus vite que ça!

La médium, inquiète, le dépose à ses pieds.

— Alors, on ne croit pas aux esprits?

— Je, je... qui est là?

La voix résonne:

— Je suis le compagnon de Bernadette Lague, son compagnon au paradis. Je suis mort, je suis un esprit. Et je viens pour faire justice!

La médium pince ses lèvres rouges:

— Écoutez, si c'est une farce, je ne la trouve pas drôle!

Un éclat de rire glacial leur parvient en écho. Mme Pizza commence à avoir peur. Elle sort le revolver qu'elle avait remis dans sa poche.

— Bon, je ne sais pas qui vous êtes, mais on peut partager.

— Quoi? Jamais! Je viens faire justice! Si tu fais un seul geste, tu seras emportée par l'onde et jamais tu ne reviendras flâner parmi les vivants.

La main de Mme Pizza tremble. La voix reprend, encore plus menaçante:

— Laisse tomber ton arme, criminelle! Sinon, tu seras condamnée au bain d'eau glacée pour l'éternité!

Mme Ducamp observe la scène, abasourdie. Jocelyne ne pense qu'à Notdog qui n'est toujours pas revenu. John et Agnès retiennent leur fou rire. Mme Pizza est maintenant complètement effrayée. Elle lance son revolver par terre:

— Ce... ce n'est pas un vrai..., c'est un jouet. Je... je m'en vais. Je laisse le coffret là..., je vais libérer tout le monde et...

La voix se fait encore plus dure:

— Non. Tu vas à cet arbre, là, à côté de la femme. Tu te retournes et tu ne bouges pas.

Mme Pizza obéit. Elle sent qu'on lui attache les mains. John et Agnès éclatent de rire, et c'est Agnès qui lance:

— O.K. Bob Les Oreilles Bigras, on t'a reconnu! Bien joué!

Et Bob s'avance fièrement, un vieux journal roulé lui servant de porte-voix à la main:

— Pas pire, han, pour un gars qui a pas d'éducation? Demain matin, j'vais vous jouer Shakespaspire.

— Shakespeare, Bob, pas Shakespaspire, le reprend John, avec fierté.

— Viens nous détacher maintenant, je commence à avoir mal aux poignets, demande Agnès.

Mais ce n'est évidemment pas dans les intentions de Bob.

— Vous détacher? Tu rêves en carreauté, ma belle. Je remercie Mme Pizza de s'être occupée de vous. Moi, j'ai été plus fin que vous tous: je n'ai eu qu'à vous suivre et à vous cueillir.

Il s'approche, ramasse le revolver:

— Un jouet! Ouan ben, les supposés détectives, vous avez été bien roulés.

Il se tourne vers la médium qui le regarde, des fusils dans les yeux:

— «J'étais sur le point d'abattre l'ours...» Ben tiens! Avec un jouet! T'as été chanceuse qu'ils arrivent, sans ça il t'aurait arrangé le portrait, l'ours! Non, mais se mettre du parfum au miel pour venir en forêt. Faut être vraiment tarte! Pis ça se dit intelligente! Les esprits, non mais franchement! Ça existe pas, tu le sais bien!

Il se tourne maintenant vers le coffret:

— Par contre, ça, c'est un vrai coffre et dedans il y a un vrai trésor. Pour Bob Les Oreilles tout seul.

— Tu es en train de purger une peine de travaux, Bob. Ça va te coûter cher quand la juge va apprendre que tu nous tiens prisonniers, dit Agnès pour le faire changer d'idée.

— Qui ça? Moi? Je te ferais remarquer, le microbe, que c'est pas moi qui vous ai attachés.

— Tu voles le coffret, lui crie Jocelyne.

— Qui ça? Moi? Voyons donc. J'ai une belle lettre ici qui dit: *À qui trouvera cette lettre...* Le trésor appartient à la personne qui a cette lettre entre les mains. Lettre que vous avez évidemment laissée traîner. Mais faut pas avoir peur. Bob va être généreux avec vous autres: je vais vous envoyer de l'aide. Une fois que je serai loin, bien entendu.

— Tu n'es rien qu'un bistro! s'écrie John.

— Un quoi?

Agnès ne peut s'empêcher de préciser:

— Il veut dire un escroc, Bob.

Bob se penche, ramasse le coffret avec précaution:

— Mais non, mais non. Je suis pas un escroc. Je suis celui qui gagne, cette fois-ci. Ça fait assez longtemps que vous êtes en travers de mon chemin, les microbes. Ici, y a rien ni personne qui va venir m'arrêter. Vous avez perdu! Vous entendez? Perdu!

Bob dépose le coffret devant les captifs. Il tourne la petite clé qui fait clic! Il se frotte les mains en faisant durer le plaisir et le mystère. Il murmure:

— *Plus précieux que l'or...*

Et il soulève le couvercle.

***

De prime abord, Bob est un peu déçu. Il s'attendait à trouver des diamants. Sur le satin qui couvre le fond de la boîte, il y a une enveloppe jaune à fleurs rouges.

Il sourit:

— C'est encore mieux, ce doit être un gros chèque au porteur.

Silence.

Il décachette l'enveloppe. Dedans, un papier plié en deux. Il le déplie. Il y a un message. Il lit tout haut:

— *Si les chiens jappent, que font les fourmis?*

Elles croondent.

Mais oui, les fourmis croondent!

Jocelyne, Agnès, John et Mme Ducamp éclatent de rire.

— Elle est bonne! Les fours micro-ondes! Les fourmis croondent! Hi-hi-hi! s'esclaffe Agnès.

Bob ne la trouve pas drôle du tout. Incrédule, il retourne le coffret dans tous les sens, soulève le satin. Il y découvre un autre papier plié en deux. En tremblant, il le déplie:

— Bon, voilà le vrai trésor.

Il lit:

Plus précieux que l'or, plus précieux que tous les trésors du monde, il y a le rire. Richissimes sont ceux et celles qui en ont le don et qui peuvent rire chaque jour. Trente secondes de rire à cause

85

d'une blague, voilà donc mon précieux héritage!

Et je signe,

B. LAGUE

Les inséparables rient de plus belle devant la tête que fait Bob Les Oreilles Bigras. Se mêle à leur rire celui de Jessie D. Pression qui apparaît alors.

Il se dépêche d'aller libérer tout le monde, sauf Mme Pizza qu'il a bien l'intention d'aller livrer au chef de police et de faire accuser de menaces.

De dépit, Bob Les Oreilles se laisse tomber assis par terre.

En frottant ses poignets rougis, John dit au notaire:

— Merci beaucoup. Mais qu'est-ce que vous faites ici?

— Mme Ducamp, votre chère tante, ma cliente, m'avait expliqué son projet. Et ma foi, il ne s'agissait pas d'un héritage habituel, mais c'était amusant. Il est si rare qu'on s'amuse quand on est notaire... Elle m'a même mis à contribution. C'est moi qui ai placé le coffret, sur les indications de Bernadette Lague ou de B.LAGUE, comme elle signe.

— C'est bien ce que je disais: morte,

elle est encore plus maniganceuse que vivante, rouspète la directrice, soulagée, mais déçue de ne pas être devenue riche.

— Elle vous a fait rire, non? Alors! Voyez-vous, c'est ça qui était le plus important pour elle. Je crois que c'est pour ça d'ailleurs qu'elle a vécu jusqu'à cent ans. Le rire conserve.

— Si vous êtes parmi nous, c'est que vous vous attendiez à nous trouver ici. Mais je ne comprends pas très bien, dit Agnès.

— D'abord, j'ai su tout de suite que vous aviez la deuxième lettre. Quand je suis arrivé, hier, je l'ai vue qui dépassait de la poche de ton manteau, Jocelyne, c'est bien ton nom?

Mais Jocelyne ne répond que par un petit signe de tête distrait. Elle écoute plutôt les bruits de la forêt.

Le notaire poursuit:

— Puis, quand vous, chère Mme Ducamp, m'avez dit que les deux lettres avaient été volées, je suis arrivé tout de suite. Je savais que vous et les voleurs vous mettriez en chasse aujourd'hui. Et je voulais voir la tête de la personne qui ouvrirait le coffre. Je vous l'ai dit, c'est si rare que je m'amuse. Mais j'ai aussi pensé que vous étiez en danger. On ne sait jamais avec les voleurs. Heureusement, il n'est rien arrivé de fâcheux, dit-il en regardant sévèrement Mme Pizza qui détourne les yeux.

— Et Notdog qui a trouvé l'enveloppe? demande John.

— Un pur hasard, fort heureux d'ailleurs, car pour une fois, il a vraiment bien fait les choses.

Jocelyne s'éloigne un peu dans la direction qu'a prise son chien. Dans son coin, Bob Les Oreilles Bigras renifle. Il a les yeux pleins d'eau.

— Pour une fois que j'avais gagné, snif, pour une fois...

Agnès s'approche de lui:

— Ne t'en fais pas, Bob, l'occasion va sûrement se présenter de nouveau. Je suis sûre et certaine que nos chemins vont se croiser encore.

— C'est ça qui est le pire, snif.

C'est à moment-là que Notdog arrive en courant, haletant, épuisé, la langue lui traînant presque à terre. Jocelyne le prend dans ses bras et essuie ses larmes dans son poil rêche.

Mais qui va trouver le trésor?

Épilogue
Le mot de la fin

Le lendemain matin, au Camp Puces, tout est revenu à la normale. Le petit chialeux est malade, il a mangé trop de *marshmallow*. Il réclame sa mère et de la crème glacée.

Do Ré Mi et Fa ont organisé une chasse au trésor à laquelle tout le monde participe, sauf les inséparables. Ils en ont eu bien assez d'une. Une vraie, en plus.

Notdog est devenu la mascotte officielle du Camp et a été nommé Grand Puce en Chef. Dans une cérémonie émouvante, Mme Ducamp l'a décoré de l'Ordre de la Bravoure.

Bob Les Oreilles a été confiné à la corvée de patates. Il a promis juré craché sur sa moto qu'il serait sage et qu'on n'aurait rien à lui reprocher jusqu'à ce que ses cent heures de travail communautaire soient écoulées. Et comme il a déjà été amèrement puni, la directrice a accepté de ne pas rapporter ses écarts de conduite aux autorités.

Il est midi et demi. John, Agnès et Jocelyne finissent les hot-dogs relish-moutarde auxquels ils ont eu droit au lieu du turbot. Au grand bonheur de Jocelyne.

— Finalement, ce n'était pas une si mauvaise idée qu'a eue l'oncle Édouard de m'envoyer ici.

— Quand tu vas lui raconter toute l'histoire, avec les menaces et tout, je ne suis pas sûre qu'il va trouver que c'était une bonne idée, dit Agnès.

Là-dessus, la directrice arrive:

— Bien mangé?

Mais sans attendre les réponses, elle lève la tête en direction d'un bruit soudain: la voiture de Jessie D. Pression arrive dans un nuage de boue.

— Tiens? Une visite surprise?

Le notaire sort de l'auto en transportant une boîte en carton. Il entre dans la salle à manger et aperçoit le petit groupe. Il les rejoint et dépose sa boîte.

— Bonjour! Remis de vos émotions? Bon. Alors, Mme Ducamp, je vous apporte maintenant votre véritable héritage.

— Quoi?

— Ma cliente, votre tante, vous a laissé un petit quelque chose en plus. Que je ne devais vous remettre que lorsque vous auriez retrouvé le coffret dans la cabane de castor.

Jessie D. Pression ouvre la boîte.

— Bien sûr, il y a les meubles anciens qui garnissaient sa chambre.

— Ils seront bienvenus au camp, commente la directrice.

— Ensuite, il y a cette photo de son fiancé mort à la guerre, celle de 14-18, évidemment.

— Elle ne s'est jamais mariée, dit Mme Ducamp en prenant le portrait.

— Et enfin, cette poupée en plastique.

Il sort de la boîte une poupée dont les yeux se ferment et qui porte une immense robe en mousse jaune banane.

— Ah non! La poupée qu'elle gardait sur son lit! Ça, je n'en veux pas! C'est une horreur sans nom.

Jessie D. Pression toussote:

— À votre place, je la garderais.

— Bien, vous n'avez pas de goût, mon cher notaire.

— Ce n'est pas vraiment une question de goût...

— Si vous ne la reprenez pas, elle va prendre le bord des vidanges. C'est laid et ça ne vaut pas cinq cennes.

Le notaire insiste:

— Je vous conseille de la garder.

Il la lui tend, mais la directrice ne la prend pas.

Frappée par l'insistance du notaire, Agnès demande:

— Je peux la voir?

Elle la saisit:

— Elle est bien lourde...

Elle la retourne. Cousu sous la robe, il y a un petit sac de coton fermé par des boutons.

Mme Ducamp déboutonne le sac, et son contenu s'étale sur la table: un bracelet de diamants. Puis un collier d'émeraudes. Une broche en or sertie de rubis. Un pendentif en argent, orné de saphirs, qui s'ouvre pour y glisser deux photos. Un anneau d'or. Une médaille pieuse en bronze. De véritables pièces d'or.

Les rayons de soleil qui entrent par la fenêtre font briller toutes ces pierres précieuses. Mme Ducamp les caresse d'une main hésitante. Puis elle prend le pendentif:

— Voici pour toi, Jocelyne.

L'anneau en or:

— Voici pour toi, John.

Et la broche:

— Voici pour toi, Agnès.

La médaille pieuse:

— Et voici pour toi, Notdog. Ma tante Bernadette te la donnerait pour te protéger des ours.

Jocelyne ouvre le pendentif. Ses yeux se mouillent:

— Je vais mettre les photos de mes parents dedans.

— Et je vais même donner quelque chose à Bob Les Oreilles Bigras, continue la directrice.

— Quoi?! s'étonnent en chœur les inséparables qui trouvent qu'il ne mérite rien du tout.

Mme Ducamp éclate de rire:

— La poupée!

Une demi-heure plus tard, Agnès, John,

Jocelyne, Notdog et la directrice vont faire une visite au cimetière.

Sur la tombe de Bernadette Lague, ils déposent des fleurs. Ils se recueillent quelques instants. Tout est silencieux.

En partant, ils ont pourtant l'impression d'entendre un grand éclat de rire. Mais c'est peut-être juste le vent.

Sylvie Desrosiers

QUI A DÉJÀ TOUCHÉ À UN VRAI TIGRE?

Illustrations
de Daniel Sylvestre

la courte échelle

Chapitre I
Un accident de parcours

La tempête fait rage, ce qui est très fréquent en février. Pourtant, la météo annonçait une nuit claire.

Le vent souffle si fort que la neige semble tomber à l'horizontale. Même à très grande vitesse, les essuie-glaces de la camionnette n'arrivent pas à dégager la vue.

— Tu vois quelque chose? demande le chauffeur à son compagnon.

— Ouais, répond Roger Bontemps en cherchant une station de radio qui passerait de la musique western.

— Tu vois quoi?

— De la neige.

Louis Finn, qui habituellement apprécie l'humour de Roger, n'entend pas à rire. La situation est sérieuse. La camionnette risque à tout moment de quitter la route.

Ils sont à plusieurs kilomètres du village. La noirceur ne facilite pas les choses et Louis Finn est de plus en plus inquiet.

— Relaxe, Louis!

— Je voudrais bien te voir derrière le volant, grommelle Louis.

— Je n'ai pas de permis de conduire.

Louis éclate de rire:

— Depuis quand as-tu besoin d'un permis, Roger, pour faire quelque chose?

Il dit cela en regardant Roger. Il n'aurait pas dû. Car il y avait là, justement, une courbe dangereuse. La camionnette glisse hors de la route, dévale le ravin sans heureusement capoter et s'immobilise sur un énorme rocher. Le premier à recouvrer ses esprits est Roger Bontemps:

— Une chance qu'il y avait ce rocher-là! Sans ça, on se retrouvait directement dans le lac.

Louis sort de la camionnette pour évaluer les dégâts. Le vent et la neige s'engouffrent dans son manteau détaché. «On n'est pas sortis du bois...» pense-t-il en contemplant leur désastreuse position. C'est alors qu'il remarque un détail. Malgré le froid qui lui rougit les joues, il blanchit d'un coup.

— Roger! Roger! Vite!

Roger Bontemps prend son temps pour ouvrir sa portière, d'autant plus qu'il a mal au bras droit.

— Mon Dieu, qu'est-ce que tu as vu? Un fantôme?

— La porte arrière: elle est ouverte...

Pour la première fois du voyage, Roger s'alarme:

— Oh non! Catastrophe!

Chapitre II
Carnaval d'hiver et histoires à geler debout

Au village de X, dans les Cantons de l'Est, toute la population s'affaire à préparer le carnaval d'hiver. L'ouverture officielle a lieu dans une heure et certains participants ne sont pas encore prêts.

Sur le site, qui n'est autre que le parc municipal, le tracteur du maire Michel, transformé en déneigeuse, pousse la neige accumulée pendant la nuit.

Sur la patinoire, M. Davis, l'homme à tout faire du village, s'interroge: pourquoi les lumières de Noël qu'il vient de poser tout autour de la bande ne fonctionnent-elles pas?

Près de l'ancien tennis en ruine, Méo Taillefer, le sculpteur local, artiste animalier propriétaire d'une vingtaine de chats, termine la statue géante d'un cochon d'Inde.

Dans sa cabine, dont le chauffage ne marche pas, Ti-Mé Lange, le disque-jockey des mariages, se gèle les doigts en cherchant les disques qui accompagneront les festivités.

Finalement, au stationnement, l'éleveur de chiens de traîneaux, M. Winoski, un Polonais d'origine, prépare ses huskys pour la randonnée des officiels. Il caresse et parle à son chien de tête, sa vedette, son trésor, son champion, Pape, qu'il a nommé ainsi en l'honneur du pape Jean-Paul II, un Polonais comme lui.

Notdog, le chien le plus laid du village, observe la scène, Pape plus particulièrement. Il compare le poil fourni et brillant du husky au sien, jaune et rêche. Il remarque l'allure fière, les oreilles bien droites et la puissance du corps athlétique de Pape. Tandis que lui a les oreilles tombantes et un léger embonpoint: il aime trop les restes de table que sa maîtresse lui refile en cachette.

Pour se remonter le moral, il pense: «Il n'y a pas juste ça, les muscles, dans la vie.» Mais son soupir ne trompe pas: il est jaloux.

Un peu plus loin, trois jeunes de douze ans s'avancent en discutant. Il y a d'abord Agnès, la rousse qui porte des broches*. Toutefois, on ne les voit pas, car Agnès a remonté son foulard en polar sur son nez et, à la place de la bouche, on voit un rond mouillé.

À sa droite, John, l'Anglais blond à lunettes, qui défie le froid, ou bien ses parents, au choix, en gardant son manteau de ski ouvert malgré une température de moins 20 degrés.

À sa gauche, Jocelyne, la jolie brune aux cheveux bouclés, qui porte une canadienne verte couverte de poils jaunes, ceux de son chien, Notdog.

Ce trio, c'est celui des inséparables.

— Est-ce qu'on lui dit, à Méo Taillefer, qu'il a fait cinq pattes à son cochon d'Inde? demande Agnès.

— On va peut-être l'embrasser, hésite John.

— L'embarrasser, John, pas l'embrasser, le reprend Agnès, comme elle le fait chaque fois que le garçon fait une erreur de français.

* Appareil orthodontique.

— Si on ne lui dit pas, il va faire rire de lui par tout le monde, ajoute Jocelyne, qui voit alors venir son chien vers elle. Tu as bien l'air piteux, toi. Qu'est-ce que tu as?

Notdog étant un chien, il ne parle pas. Il ne peut donc pas expliquer qu'il est un peu déprimé. Soudainement, on entend une voix dans les haut-parleurs installés dans plusieurs arbres:

— Je déteste les carnavals d'hiver. On gèle! On ne pourrait pas faire un carnaval d'hiver l'été?... Quoi? Le micro est ouvert?

Le maire se ressaisit vite. Sur le podium, il commence son discours d'ouverture. Toute la population se masse autour de l'estrade d'honneur, érigée sur ce qui est d'habitude le carré de sable.

Dans la foule, une toute petite forme se fraye un chemin. À la hauteur des poches d'un adulte moyen, un pompon rouge se déplace. En dessous, un petit garçon de six ans dans un habit de neige assez grand pour durer trois ans. Jocelyne aperçoit le pompon rouge:

— C'est Dédé Lapointe. Qu'est-ce qu'il va encore inventer?

Il faut dire que Dédé est un garçon à l'imagination trop fertile, qui voit des complots partout et des menaces qui planent à chaque coin de rue. Il se dirige vers les inséparables.

— Ouf! Je vous cherchais. Vous avez deux minutes?

— Oui, Dédé, répond Agnès. Qu'est-ce qu'on peut faire pour toi?

— Eh bien, voilà! J'ai un problème. Et je ne peux pas en parler à ma mère.

— Pourquoi?

Dédé essuie son nez enrhumé qui coule abondamment avec sa mitaine droite.

— C'est à cause de mon frère. Je pense qu'il est dans le coup.

Jocelyne dissimule un fou rire:

— Quel coup, Dédé?

Le petit garçon regarde autour de lui, pour s'assurer que personne n'écoute, puis murmure à l'oreille de Jocelyne:

— Je vois des choses.

John se penche vers lui:

— Tu as des allusions?

— Des hallucinations, John, pas des allusions, le reprend Agnès.

— Oui, poursuit Dédé en reniflant. Ma mère me donne un médicament à cause de mon rhume et je crois que mon frère augmente la dose en cachette. Pensez-vous que c'est possible que mon frère veuille m'empoisonner?

— Voyons! Pourquoi ferait-il ça? s'étonne Agnès.

— Pour avoir la chambre à lui tout seul...

— Oh, je ne crois pas que ton frère ferait une chose pareille, Dédé, le rassure Jocelyne.

— Mais alors, pourquoi est-ce que j'ai vu un tigre dans ma cour? Ça ne se peut pas un tigre par ici.

— C'est peut-être la fièvre...

Jocelyne est interrompue par l'éclat d'une bataille de chiens.

— Notdog! crie-t-elle.

À quelques mètres des enfants, Notdog et Pape se sont rués un sur l'autre. Et Pape a visiblement le dessus.

Un peu plus tard, sur le site du carnaval, sous un ciel brillant d'étoiles, plusieurs personnes sont rassemblées autour d'un feu de camp. Le visage chauffé par les flammes et le dos gelé par l'hiver, elles participent à une compétition verbale ayant pour titre: LA CHOSE LA PLUS EXTRAORDINAIRE QUE VOUS AYEZ VUE.

Le maire Michel fait office de juge.

Qui a déjà touché à un vrai tigre ?

Bien emmitouflé dans une couverture de castor et réchauffé par un cognac, il inscrit le nom des participants: Ti-Mé Lange, Méo Taillefer, M. Winoski.

Friands d'histoires extraordinaires, les inséparables assistent à la compétition dont le grand prix est un repas pour deux chez Steve La Patate. Notdog aurait mieux aimé rester au chaud à guérir ses bleus. Mais jamais il ne laisserait Jocelyne sortir sans lui. Sauf pour aller à l'école où les chiens sont interdits.

Le maire Michel s'éclaircit la voix:

— Premier participant, mon ami Ti-Mé Lange qui a fait jouer de la si bonne musique lors du mariage de ma fille. Allez, à toi, Ti-Mé.

Ce soir, Ti-Mé porte des mitaines en fourrure. Une tuque à six pompons bien calée sur sa tête ne laisse apparaître que son nez mince et un reste de son souper, un peu de moutarde. Il commence:

— Il y a quelques années, j'ai été cuisinier sur un brise-glace dans la mer de Beaufort. Un soir de pleine lune, je suis sorti sur le pont, histoire de prendre l'air polaire. J'étais seul.

«Tout à coup, j'ai entendu un chant,

comme une voix douce qui appelait. Je suis allé chercher ma longue-vue et j'ai eu à peine le temps de voir, au loin, sur une banquise, une sirène. Elle était toute blanche et portait sur les épaules une fourrure noire. Elle m'a envoyé la main et a plongé sous l'eau. Je ne l'ai jamais revue.»

— Pour moi, c'était un pingouin, ta sirène, ricane M. Winoski.

Insulté, Ti-Mé se contente de hausser les épaules. Le maire, en hésitant, écrit son pointage.

— Au suivant: Méo Taillefer.

La barbe presque en feu tellement il est assis près des flammes, Méo Taillefer se met à raconter son histoire en faisant de grands gestes avec ses mains puissantes.

— J'étais dans un musée, à Paris, en train d'admirer une sculpture antique, une tête de femme grecque. J'étais seul dans la pièce sombre et froide. Tout à coup, les lèvres de la sculpture se sont mises à bouger. Elle a ouvert les yeux et elle m'a parlé: «Méo, un jour, tu seras célèbre!» Ensuite, le visage s'est figé de nouveau. La pièce s'est remplie de visiteurs et j'ai continué mon chemin. C'est extraordinaire, non?

M. Winoski, un sourire en coin, demande au sculpteur:

— Comment ça sonne, Méo, avec l'accent grec?

Le maire intervient avant que Méo se fâche:

— À votre tour, M. Winoski.

M. Winoski lisse son épaisse moustache, replace les oreilles de sa casquette de chasseur:

— Vous connaissez tous la légende de la forme noire.

Tous acquiescent, sauf les inséparables.

— D'aussi loin qu'on se souvienne dans ce village, on a entendu parler de la forme noire, un être étrange et informe qui vit dans les bois. Il laisse comme seule trace celle d'un manteau en lambeaux traînant dans la neige. Mi-humain, mi-animal, il n'apparaît qu'en hiver, quand il doit sortir de la forêt pour se nourrir. Il aurait presque cent cinquante ans.

«Eh bien, moi, Winoski, je l'ai vu. J'étais en traîneau et Pape s'est soudain affolé. Puis, il s'est arrêté net: il était hypnotisé. Une forme s'est approchée, couverte d'une montagne de guenilles, en se balançant de gauche à droite, comme le ferait un singe.

Qui a déjà touché à un vrai tigre ?

Je ne pouvais distinguer le visage.

«J'ai eu peur, je l'avoue. Je ne pouvais pas bouger. L'être a caressé Pape et j'ai vu au bout des doigts non pas des ongles, mais des griffes d'ours. Il est reparti. J'ai voulu le suivre: il avait disparu. Il y avait bien la trace de son manteau de fortune, sauf qu'elle ne menait nulle part.»

M. Winoski se tait. Méo Taillefer et Ti-Mé Lange cherchent une blague à faire à leur tour, sans trouver. C'est pendant cet instant de silence qu'on voit passer une ombre noire. Celle du vieux Fou.

Il s'approche.

— Moi, la chose la plus extraordinaire que j'aie vue, c'est un oiseau sauvage venir manger dans ma main.

Il repart, comme si de rien n'était, et disparaît bientôt derrière la cabane de hockey. Tout le monde est d'accord: voilà quelque chose d'extraordinaire. Mais le vieux Fou, qui habite on ne sait pas où, n'irait pas manger chez Steve La Patate même s'il gagnait le prix. Celui-ci fut alors décerné à Ti-Mé Lange, qui avait fait jouer de la si bonne musique au mariage de la fille du maire...

Ce soir-là, le petit Dédé Lapointe regarde par la fenêtre de sa chambre avant de s'endormir. Il aperçoit, près de la haie de cèdres, une forme noire qui se déplace bizarrement. Intrigué, Dédé plisse les yeux pour mieux voir. «Ça marche comme un gorille! Qu'est-ce que c'est?»

La forme disparaît derrière la haie. Dédé se glisse sous une épaisse douillette. «Encore une hallucination! J'ai peut-être une grave maladie du cerveau», pense-t-il avant de sombrer dans un profond sommeil.

Chapitre III

De l'imprévu dans l'air...
un peu trop chaud

Le lendemain matin, un redoux s'est installé dans la région. Il n'a fallu que quelques heures pour que la température bondisse de moins 20 degrés à plus 8 degrés.

Les sculptures de Méo Taillefer fondent lentement. La glace de la patinoire est déjà impraticable et il faut annuler les joutes de hockey prévues pour aujourd'hui. Les inséparables sont déçus. Ils attendaient impatiemment la partie de ce matin, car John était gardien de but pour l'équipe des Bibites à poils.

S'en retournant d'un pas traînant vers la rue Principale, ils rencontrent Dédé Lapointe.

— Bonjour, Dédé. Ça va mieux les

halli, les hallo...

— Mes hallucinations?

— C'est ça, dit John.

— Non.

— C'est vrai? s'inquiète Agnès, pleine de sollicitude.

— Hier, j'ai vu une sorte de gorille dans mon jardin. Et ce matin, c'était une autruche.

Jocelyne lui touche le front:

— Tu dois faire de la fièvre.

Dédé est un peu chaud.

— Tu as parlé à ta mère de ce que tu as vu? demande John.

— Oh non! Sans ça, elle va appeler Urgences-Santé! On va m'emmener à l'hôpital. Et on va faire des expériences secrètes sur moi!

Agnès a une idée.

— Écoute, Dédé, on va aller avec toi et tu nous montreras où tu as vu ces... visions. Il y a peut-être des traces.

Tout content, Dédé entraîne les inséparables, après leur avoir fait promettre le secret absolu sur son problème. Une fois dans la cour, ils se mettent à chercher. Notdog aussi cherche, mais il ne sait pas vraiment quoi. Au fond du jardin, près de la haie, la neige semble avoir été piétinée.

— La neige a tellement fondu déjà, on ne voit pas grand-chose, constate Agnès.

— Pas de plumes d'autruche, ajoute John, à quatre pattes.

— Rien de mon côté non plus. Ah! Notdog a senti quelque chose, dit Jocelyne en pointant son chien du doigt.

En effet, Notdog, qui s'adonnait au jeu sans trop de conviction, s'éloigne, le museau collé à terre.

— Suivons-le! crie Jocelyne.

La troupe s'élance. Notdog entre dans le bois et avance vite. Longtemps ils le suivront. Ils sautent des ruisseaux, traversent une pinède, des clairières et une forêt de sapins. Dédé, avec ses petites jambes, progresse avec peine.

Notdog ne perd jamais la piste, semble même savoir où il s'en va. C'est en arrêtant quelques minutes pour souffler qu'ils entendent la plainte.

— Ça vient de là, sur la gauche, dit Jocelyne, inquiète.

— Mais Notdog veut continuer tout droit, remarque Agnès.

— Il faut aller voir, décide John.

— Dédé, tu me prends la main, ordonne Jocelyne au petit qui proteste.

Elle donne aussi l'ordre à son chien de lâcher sa piste et de venir avec eux. Ce qu'ils découvrent, à cinquante mètres, ce n'est pas un oiseau géant: c'est un homme inconscient, ensanglanté.

***

À la fin de l'après-midi, au poste de police du village, Steve La Patate vient livrer trois chocolats chauds aux inséparables qui discutent avec le chef.

Dédé Lapointe, pour qui la découverte de l'homme fut un choc, dort maintenant dans son lit, sa mère à son chevet.

Les parents de John, ceux d'Agnès et l'oncle de Jocelyne ont dû être rassurés par leurs propres enfants: «Tout va bien! Ne vous en faites pas pour nous! Faites-vous un bon thé pour vous calmer. Non, on ne s'éloigne pas, promis.»

Loin d'être secoués par leur aventure, les inséparables y voient le début d'une enquête. Ils sont tout excités: ça fait longtemps que la fameuse agence de détectives Notdog a eu une affaire à éclaircir.

— Récapitulons, dit le chef de police, en se versant un café noir. L'homme que vous avez trouvé se nomme Roger Bontemps. D'après les renseignements obtenus par ordinateur, il vit en Ontario et on ne lui connaît pas de travail. Il a déjà été arrêté pour utilisation de cartes de crédit volées. La première question est...

— Que faisait-il au beau milieu de la forêt, tout seul, à des centaines de kilomètres de chez lui? le devance Agnès.

— La deuxième question est: qu'est-ce qui l'a attaqué si précocement?

— Férocement, John, le reprend Agnès.

— Le médecin est catégorique, enchaîne Jocelyne, c'est un animal. Les blessures ont été faites par des griffes ou des dents. Mais il n'y a pas beaucoup d'animaux sauvages par ici, à part les ours.

Le chef réfléchit:

— À cette époque-ci, les ours hibernent encore.

— Peut-être qu'avec le temps doux, il y en a un qui s'est cru au printemps et qui est sorti de sa tanière, suggère Agnès.

— Possible. On le saura quand l'homme pourra parler. Sauf qu'on ne sait même pas s'il reprendra connaissance. Qu'est-ce qu'il faisait là... C'est ça qui me chicote, avoue le chef.

Devant cette question pour l'instant sans réponse, chacun plonge dans ses pensées, son chocolat ou son café.

***

Pendant ce temps, dans la forêt, le vieux Fou s'adonne à un rite étrange. Debout sur un rocher, il lance des cris rauques. Puis il se met à parler une langue connue de lui seul. Il met ses mains en porte-voix, tourne sur lui-même, appelle en gémissant, poursuit son curieux monologue.

Tout est calme autour.

À côté de lui, Louis Finn attend, nerveux.

Qui a déjà touché à un vrai tigre ?

Chapitre IV
Des hot-dogs moutarde-questions

Ce soir-là, dans le cadre du carnaval, on organise un souper aux hot-dogs cuits sur le feu. La nuit a fait baisser la température de quelques degrés. Les sculptures d'animaux de Méo Taillefer ont regelé, quelque peu déformées. Sur le rond de glace, des patineurs courageux tentent d'éviter les trous.

Partout, un seul sujet de conversation: l'homme trouvé gisant dans la neige. Car dans les petits villages, il y a deux choses qui vont vite: les jeunes qui viennent juste d'avoir leur permis de conduire et les nouvelles.

Certains, pourtant, ne sont toujours pas au courant. Un de ceux-là est Méo Taillefer qui a passé la journée, bougon, à essayer de sauver son lapin de glace. Qui a fini en souris aux longues oreilles. Il vient justement se chercher quelques hot-dogs.

Au service: John, Agnès et Jocelyne qui tenaient à participer au carnaval. Et Notdog, bien content, s'empiffre avec les saucisses que Jocelyne échappe.

— Moutarde-chou? demande John.

— Non, ketchup-moutarde, répond Méo.

Le maire Michel s'approche, tout en émoi. Il serre la main des inséparables, l'un après l'autre:

— Félicitations, les enfants. Sans vous, cet homme serait mort gelé.

Méo, la bouche pleine, veut en savoir plus:

— Quel homme?

— Vous ne savez pas? Eh bien, ces enfants d'un courage extraordinaire ont sauvé d'une mort certaine un homme qui a été attaqué sauvagement dans la forêt!

— Attaqué? Par qui?

— Plutôt par quoi. On croit que ce pourrait être un ours. Si nous étions en Afrique, je dirais par un lion, tellement il est blessé gravement, explique le maire.

Méo Taillefer reste un instant sans voix.

— Un... lion?

— Non, non, non, un ours. À moins que ce ne soit une meute de loups. Tiens, on n'a pas pensé à ça, réfléchit le maire.

La discussion s'amorce sur la possibilité d'une attaque par les loups, s'il n'y en a pas dans le coin.

C'est alors que s'avance Ti-Mé Lange. Comme il est resté toute la journée dans la grande ville voisine à chercher des disques de valse pour la compétition de patinage artistique de demain, il n'est au courant de rien.

— Mon doux, qu'est-ce qui se passe ici? Tout le monde a bien l'air énervé.

— C'est à cause de l'homme qui a été attaqué ce matin, explique Jocelyne en sortant une saucisse de l'eau chaude.

— Qui ça? Tout garni, s'il te plaît.

— Un étranger qui s'est aventuré tout seul dans les bois.

Agnès tend à Ti-Mé son hot-dog. Il mord dedans:

— Un étranger? Personne ne le connaît?

— Non, continue le maire. Un certain Roger Bontemps.

Ti-Mé s'étouffe.

— Tu as mis de la moutarde, Agnès! Je suis allergique à la moutarde!

— Excuse-moi, je suis désolée. Tu avais dit tout garni...

— Ayoye, Ti-Mé, as-tu attrapé un coup de soleil? Tu es rouge comme un saucisson polonais! s'exclame M. Winoski qui arrive sur ces entrefaites.

Lui non plus n'est pas au courant de la nouvelle, étant resté tout l'après-midi avec une de ses chiennes qui a accouché de huit chiots.

— C'est la moutarde, répond Ti-Mé en se mouchant.

La présence de M. Winoski donne une idée au maire.

— Winoski, vos chiens, ils ressemblent à des loups...

— Les huskys sont encore plus beaux, Monsieur le maire.

— Oui, mais est-ce que ce genre de chien pourrait être dangereux?

Devant l'air soupçonneux du maire, M. Winoski se méfie:

— Mes chiens sont doux comme des agneaux.

— Supposons qu'ils se sentent menacés ou qu'ils soient malades...

— Ils pourraient mordre, bien sûr. Où voulez-vous en venir ?

— Vous n'en avez pas perdu un, par hasard, hum ?

— Non. Pourquoi ?

Agnès raconte leur découverte du matin à M. Winoski. L'homme blêmit, oh ! à peine deux secondes.

— Pauvre homme ! Mais mes chiens n'ont rien à voir là-dedans, j'en suis certain.

John lui offre un hot-dog. M. Winoski refuse, expliquant qu'il a déjà mangé chez lui. Il prend congé, en même temps que Ti-Mé. Quant à Méo, il a disparu depuis un bon moment. Le maire tire pompeusement sa révérence, tandis que plusieurs personnes du village s'approchent pour profiter de la chaleur et des hot-dogs.

***

Très loin de là, dans un endroit de la forêt où jamais personne ne va, deux hommes se disputent.

— Il faut absolument avertir la police. Il s'agit de la sécurité des gens, dit le vieux Fou.

Qui a déjà touché à un vrai tigre ?

— Pas question, répond Louis Finn.

— Écoute, j'ai passé l'après-midi à l'appeler. Il n'est pas venu, il peut être n'importe où. C'est trop dangereux.

Le vieux se rend près du téléphone. Louis Finn lui arrache l'appareil des mains.

— On va demander au patron quoi faire. Je ne pense pas qu'il serait d'accord pour voir la police ici.

Le vieux reprend le combiné:

— Je sais ce que j'ai à faire.

Louis Finn, beaucoup plus fort, lui tord un bras derrière le dos. Il le force à avancer vers une chaise, l'assoit, le menace:

— Tu ne feras rien du tout.

Intimidé et faible, le vieux Fou reste là, geignant:

— Un tigre en liberté... Mon Dieu...

***

Vers deux heures du matin, à l'hôpital, l'infirmière de garde entre dans la chambre de Roger Bontemps pour prendre sa température et vérifier s'il est toujours inconscient. Le lit est vide.

Chapitre V
Disparition et apparence d'apparitions

Le lendemain, un lundi, est de ces jours bénis par les enfants qu'on appelle journée pédagogique. C'est donc congé, au grand bonheur de tous.

Jocelyne a dormi chez Agnès avec Notdog. John rejoint ses deux amies, encore en pyjama à midi.

— Il pleut, dehors. C'est vraiment une bizarre de tenture, dit John, en enlevant son anorak mouillé.

— De température, John, pas de tenture, le reprend Agnès, en l'entraînant vers le sous-sol où les deux filles regardent un film, *Le livre de la jungle*.

— J'aimerais tellement ça pouvoir flatter un tigre! soupire Jocelyne devant un superbe spécimen à l'écran.

— Dommage que ce soit si méchant, dit Agnès.

— Il y en a sûrement des appro... des appra... des ap-pri-voi-sés! Voilà, je l'ai eu! lance John, très fier.

Agnès prend la tête de Notdog dans ses mains, relève ses babines pour montrer ses crocs.

— Vous avez vu ses dents? Je n'aimerais pas qu'il me morde! Imaginez un tigre!

— Notdog ne te mordrait jamais, affirme Jocelyne.

Notdog opine de la tête, trouvant tout de même Agnès malpolie de mettre ses doigts dans sa bouche sans prévenir.

Les inséparables s'enfoncent confortablement dans le sofa démodé en peluche brune. Ils redémarrent le film qu'ils ont déjà vu cent fois, au moins. Ils rêvent d'amitié éternelle avec une panthère et de jeux fous avec un ours. Ils s'imaginent connaître le langage des animaux et converser avec eux.

Mais, en repensant à l'homme qu'ils ont découvert presque mort, ils sont obligés d'admettre que, dans la réalité, on ne parle pas à un ours comme ça.

— À moins que ce ne soit autre chose qu'un ours qui ait attaqué M. Bontemps, suggère Agnès.

— Vous avez vu comment Méo Taillefer a pâli lorsque le maire a dit que, si on était en Afrique, il penserait qu'il s'agit d'un lion? se rappelle Jocelyne.

— Et comment M. Winoski a blêmi quand il a été mis au courant de l'histoire? continue John.

— Et Ti-Mé qui s'est étouffé avec son hot-dog? ajoute Agnès.

— Dans le cas de Ti-Mé, c'est parce

qu'il est allergique à la moutarde, rectifie Jocelyne.

Soudain, elle fronce les sourcils:

— Pourtant, l'autre soir, au concours d'histoires extraordinaires, je me souviens très bien qu'il avait des traces de moutarde autour de la bouche. Curieux.

— Pourquoi est-ce qu'il se serait inventé une allergie? questionne Agnès.

— Aucune idée.

La mère d'Agnès appelle alors sa fille, qui monte à la cuisine et revient bientôt avec Dédé Lapointe.

— Encore toi! On te voit souvent, ces temps-ci! lance John en apercevant le gamin qui descend les marches d'un pas mal assuré.

Agnès lui prend la main pour l'empêcher de débouler l'escalier.

— La mère de Dédé est venue voir la mienne. Pendant qu'elles jasent un peu, elles nous le confient.

Dédé se cale dans le sofa.

— Ça va mieux? demande John.

— Non.

Jocelyne essaie de se faire rassurante:

— Tu sais, c'est difficile pour un petit garçon comme toi de découvrir un adulte blessé. Ça prendra quelque temps avant que les images disparaissent de ta tête. Mais je suis sûre que ta maman s'occupe bien de toi.

— Oui, elle a même dormi avec moi. Mon problème, ce n'est pas le monsieur dans la neige. Vous savez qu'il a disparu?

— Quoi?!

— C'est ma tante, qui est infirmière à l'hôpital, qui l'a appris à maman.

Jocelyne trouve que cette histoire devient louche. Agnès, qu'elle commence à se compliquer. Et John cherche comment

un grand blessé a pu disparaître sans qu'on s'en aperçoive. Il a fallu quelqu'un pour l'aider, certainement.

Oubliant la présence de Dédé, les inséparables se disent qu'il est temps de mettre leur nez là-dedans. Dédé les écoute un moment discuter. Puis il leur souligne qu'ils ne l'ont pas encore laissé exposer son problème.

— Quel problème? demande Agnès.

— Bien, c'est que j'ai encore vu un animal, ce matin.

— Lequel, cette fois-ci? s'esclaffent les inséparables. Un crocodile? Une girafe ou un kangourou?

— Comment avez-vous fait pour deviner?

John, Agnès et Jocelyne regardent le petit avec curiosité.

— Deviner...

— Deviner que j'ai vu un kangourou dans ma cour?

Ce n'est plus de la curiosité qu'on peut lire dans le regard des inséparables. C'est de l'inquiétude.

Dédé est-il en train de devenir fou?

Ou voit-il réellement ce qu'il dit?

Qui a déjà touché à un vrai tigre ?

Chapitre VI

Avez-vous déjà vu un chevreuil rayé?

La première chose à faire était de s'habiller et d'aller voir le chef de police. Ce dernier n'avait rien à leur apprendre sur la disparition de Roger Bontemps.

Le personnel de l'hôpital n'avait vu personne entrer dans la chambre de l'homme. Comme sa fenêtre donnait sur le toit de la chaufferie, il a pu passer par là sans être remarqué. Et le chef est d'accord avec les enfants: dans l'état où il est, le blessé n'a pas pu se sauver tout seul.

La deuxième chose à faire était moins évidente. Par où commencer leur enquête? C'est un peu perdus que les inséparables se sont retrouvés dans la cour de Dédé Lapointe.

— *Ridiculous.* Chercher des traces de kangourou! marmonne John.

— Moi, je ne pense pas que Dédé soit fou, dit Jocelyne qui montre des restes de nourriture éparpillés sur la neige. Pas étonnant que des animaux viennent ici! Regardez, de la salade, des coeurs de pomme... Pour moi, il a vu un chevreuil.

— Si c'est un chevreuil, il a des skis aux pattes, observe Agnès.

Elle montre aux autres des traces bien nettes de très longs pieds à côté des poubelles.

Dédé, de retour chez lui, aperçoit les inséparables à travers la porte-fenêtre de la cuisine. Il l'ouvre et leur crie qu'il arrive. Mais sa mère en a décidé autrement.

— Vous comprenez, il m'inquiète un peu. J'aime mieux le garder tout près de moi, dit-elle aux inséparables pour justifier son refus.

Déçu, le petit regarde John, Agnès, Jocelyne et Notdog partir en direction de la forêt, suivant la piste de son kangourou.

La première rencontre qu'ils font, ce n'est pas avec un animal, mais avec Méo Taillefer. Le sculpteur local est un peu surpris de tomber sur eux.

— Où allez-vous comme ça?

— Oh, on court après les kangourous, répond Agnès, certaine que Méo pensera qu'ils se sont inventé une chasse-jeu.

Curieusement, Méo ne réagit pas comme elle l'avait imaginé.

— Un... kangourou? Où ça? Vous avez vu un kangourou?

Méo se fait insistant.

— Pas nous, euh... c'est... euh... Dédé Lapointe qui est certain d'en avoir vu un, explique Jocelyne.

Méo sourit.

— Oh! Dédé! Quel gentil petit garçon! Il a l'imagination un peu trop fertile... Il a dû voir un ours debout, quelque chose du genre. Ce serait logique.

— Oui, très logique, s'empresse de dire John, avant que les filles fassent allusion aux traces qu'ils ont découvertes.

— D'ailleurs, avec cet homme blessé que vous avez trouvé, je resterais près de chez moi, si j'étais vous. C'est dangereux, vous pourriez être attaqués par cet ours enragé. Je vous raccompagne.

Les enfants refusent, Méo insiste.

— Pour toi aussi, c'est dangereux, souligne Jocelyne. Où vas-tu?

— Oh! moi, je n'ai pas peur! J'ai toujours sur moi quelques outils dont je me sers pour mes sculptures. Avec ça, que l'ours approche pour voir!

Il montre un couteau assez impressionnant. Tout en parlant, il leur fait rebrousser chemin et marche avec eux jusqu'au village.

— Voilà, vous êtes en sécurité ici, mais rentrez vite. On ne sait jamais. Allez, au revoir.

Et Méo repart en direction de chez lui. En soupirant d'impatience, les inséparables attendent que Méo ait disparu avant de retourner à leurs recherches.

— Pourquoi ne voulais-tu pas qu'on lui parle des traces, John? demande Agnès.

— Pour ne pas l'avoir dans les genoux.

— Dans les jambes, John, pas dans les genoux, le reprend Agnès.

— Je ne sais pas si vous avez remarqué, mais il a évité ma question, note Jocelyne. Il ne nous a pas dit où il allait, lui.

Ils entrent de nouveau dans le bois. Joyeusement, Notdog les précède, le nez collé à la piste qu'il suit fidèlement. «Oh! que ça sent bizarre, cet animal-là! Je ne suis pas trop sûr que j'en mangerais», pense-t-il.

Bientôt, ils arrivent là où ils ont découvert Roger Bontemps. Il reste à peine un peu de sang bruni sur la neige. Ils poursuivent leur chemin.

C'est alors qu'ils entendent des ordres criés à des chiens.

Au loin, M. Winoski passe avec son traîneau. Il file à vitesse réduite, dans une sorte de corridor juste assez large pour son attelage. Concentré sur sa route, il ne voit ni John, ni Agnès, ni Jocelyne et il s'enfonce dans la forêt.

Qui a déjà touché à un vrai tigre ?

Par contre, Pape a vu Notdog. Mais jamais rien ne le distraira de son travail et il continue tout droit, sans signaler sa présence à son maître.

Près d'une cascade d'eau glacée, les inséparables arrêtent pour se désaltérer et reprendre leur souffle.

— Là, il y a juste un problème, dit John.

— Lequel? demande Jocelyne.

— J'ai faim!

Agnès fouille dans ses poches et en sort deux paquets de biscuits soda:

— Ils sont un peu écrasés. Ça fait bien une semaine que je les ai oubliés là.

Mais on est au milieu de l'après-midi, tout le monde a faim et on s'assoit pour grignoter les miettes de biscuits. Un sifflement se fait entendre: les enfants aperçoivent Méo qui revient. Ils se cachent en vitesse, car ils n'ont évidemment pas envie de se faire raccompagner au village une deuxième fois.

— Qu'est-ce qu'ils font tous dans le coin? murmure Agnès.

Dès que le sculpteur a disparu, ils se remettent en route. Notdog suit toujours la piste. Cependant, Jocelyne commence à s'inquiéter.

— Je ne suis plus si certaine qu'on doive aller plus loin. Il est tard et la nuit vient vite...

— C'est vrai. On n'est jamais venus par ici, ajoute Agnès. On est très loin de chez nous.

— On est très loin de tout, précise Jocelyne.

— Vous voulez vraiment retrousser le chemin? Si près du but?

— Rebrousser, John, pas retrousser. Et puis si près de quoi? Quel but? On est au milieu de nulle part!

Autour d'eux, de la neige, des arbres. Et une tête qui surgit soudain entre deux sapins.

John plisse les yeux:

— Je vais changer mes lunettes. Je vois un chevreuil rayé.

— Ton chevreuil, c'est un zèbre, dit Jocelyne, les yeux écarquillés de surprise.

— Un quoi?! s'exclame John.

L'animal les voit aussi. Il prend peur et se sauve.

Sans hésiter, John, Jocelyne, Agnès et Notdog se lancent à sa poursuite.

Ils sont loin de se douter de ce qui les attend.

Chapitre VII

Un zoo, en fin d'après-midi

Il ne faut pas bien longtemps pour que les inséparables voient le zèbre se faufiler dans la brèche d'une clôture de fer. Une clôture très haute, tissée serré, se terminant par des pointes si acérées qu'elles décourageraient n'importe quel grimpeur.

Sauf qu'elle est fendue. Et l'ouverture est assez large pour laisser passer un gros animal. John, Agnès, Jocelyne et Notdog traversent la clôture. Ils avancent prudemment, se sentant observés.

Notdog, lui, va de tous bords tous côtés. «Ou bien mon flair est détraqué, ou bien ce zèbre-là sent le rhinocéros», pense-t-il. Mais surtout, ça sent le danger. Il jappe en guise d'avertissement.

Au même moment, Agnès entend un souffle puissant tout près d'eux. Elle plisse les yeux et, à travers les aiguilles d'un pin, elle aperçoit une masse grise qui s'approche.

Avant même qu'elle ait le temps de dire «Sauvons-nous!», un cri retentit du haut d'un arbre. Un grand singe vêtu d'un manteau de soldat saute par terre et se met à courir autour des enfants. Il prend John par la main et l'entraîne dans l'arbre. Jocelyne et Agnès les suivent et grimpent sur de solides branches.

— Notdog! s'affole Jocelyne.

Son chien est poursuivi par un véritable rhinocéros. Le chimpanzé saute dans un autre arbre, puis par terre, et fait des simagrées devant l'énorme animal qui oublie Notdog et charge dans sa direction. Le singe remonte dans l'arbre à toute vitesse et Notdog disparaît Dieu sait où.

Le rhinocéros, pour qui tout s'est déroulé trop vite, se calme, ne se souvenant plus de ce qu'il pourchassait. Il rebrousse chemin.

Dans leur arbre, les inséparables attendent qu'il s'éloigne, encore tout secoués. John grimpe un peu plus haut. Le paysage qui s'offre à lui est tout à fait fantastique.

— Wow! Venez voir!

Les filles grimpent.

— Dédé a bien dit la vérité, murmure Agnès.

Non seulement le kangourou qu'il a vu

se promène-t-il près d'une étable, mais le zèbre est à l'abreuvoir, l'autruche dans l'entrée d'un garage et la sorte de gorille est avec eux.

Il y a autre chose. Un bison est immobile dans son enclos. Un renne aiguise ses bois contre une clôture. Un chameau rumine en rêvant probablement au désert. Et un pingouin se dandine, peut-être à la recherche d'un ami pour jouer.

Il y a des enclos, d'immenses cages, des maisonnettes pour animaux, des aires clôturées; une maison, aussi, et de grands bâtiments.

— C'est un vrai zoo, observe Agnès. Il faut aller voir. À qui appartient tout ça?

— C'est quelqu'un qui a bien su garder son secret. Personne au village n'est au courrier, continue John.

— Au courant, John, pas au courrier, le reprend Agnès.

De son côté, Jocelyne réfléchit:

— Dans tout ce que Dédé a vu, il manque juste le tigre. J'espère qu'il s'est trompé.

Un jappement leur parvient du bas de l'arbre. Notdog est revenu de sa peur et de sa cachette. Les inséparables descendent le rejoindre, accompagnés du chimpanzé qui a adopté John. Il se cramponne à lui, grimpe dessus, l'entoure de ses longs bras.

Et la petite troupe s'avance vers cet étrange zoo.

— Ça fait bizarre d'entendre des cris d'animaux exotiques dans un paysage d'hiver, observe Agnès.

— S'il y a des animaux exotiques ici, ils vont mourir de froid, précise Jocelyne. Le temps doux des derniers jours les a probablement fait sortir.

— Le temps doux et qui? demande John.

Les enfants entrent dans une grange. C'est exactement comme s'ils pénétraient en pleine jungle.

Une grande chaleur et un degré d'humidité très élevé règnent. Il y a des chemins bordés de plantes gigantesques et, en marchant, on découvre dans une vitrine un boa qui digère. Là, une volière où sont perchés deux vautours. À côté d'un bassin à l'eau trouble, un alligator dort.

Ils sortent de la grange et s'engagent dans un sentier que longe une clôture de fer à peine visible. Derrière, six yeux brillants les regardent. Des loups gris. Les enfants se rapprochent les uns des autres, en espérant qu'il n'y ait pas de brèche.

Ils poussent la lourde porte d'un édifice haut comme quatre étages. Une girafe se penche vers eux, en quête de nourriture. Une gazelle se promène nerveusement dans l'aire qui lui sert de savane. Un guépard s'est levé à leur arrivée, mais son domaine, qui fait la moitié du lieu, est solidement grillagé. Tout près, un carré de sable décoré de rochers et un trou dans le mur.

— Ce doit être la place du rhinocéros. Il a défoncé le mur et c'est par là qu'il s'est échappé, dit Agnès.

— Et là, l'enclos du zèbre, dont la porte est ouverte, constate Jocelyne en montrant une litière de paille salie.

Retournés dehors, ils rencontrent encore un yack et un sanglier. À part les animaux, il n'y a pas âme qui vive.

— Allons voir la maison, là-bas, propose John.

Tout au long de la visite, Jocelyne a tenu solidement Notdog par le collier. C'est maintenant qu'elle le laisse aller, alors qu'il n'y a plus aucune bête autour d'eux, qu'il se met à grogner.

— Du calme, Notdog. Assis! Qu'est-ce

que tu as?

Jocelyne s'agenouille près de son chien, lui caresse les oreilles. Elle le rassure d'une voix douce. Rien n'y fait.

— Il ne veut pas aller à la maison.

— Il y a peut-être une bébite dangereuse là-dedans, dit Agnès que l'inquiétude de Notdog gagne.

— Ou un fantôme, ou un fou furieux, ou un extra-terrien? s'énerve John.

— Un extraterrestre, John, pas un extra-terrien, le reprend Agnès.

Jocelyne voit les choses autrement:

— Il y a peut-être quelqu'un de blessé ou d'inconscient, je ne sais pas, moi. Quelqu'un qui, pour une raison ou pour une autre, ne peut pas s'occuper des animaux.

Prudente, Agnès décide de rester dehors, histoire de surveiller et d'aller chercher du secours si ses amis se trouvaient dans une fâcheuse situation dans la maison.

Et Jocelyne, John et Notdog montent l'escalier qui mène à l'entrée. John frappe. Ils attendent. Rien. Il frappe de nouveau:

— Il y a quelqu'un?

Pas de réponse.

Il ouvre la porte qui n'est pas verrouillée. Ils entrent.

Notdog joue l'éclaireur et visite les pièces à toute vitesse. L'entrée est vide. La cuisine aussi. Dans le salon, la seule trace d'un passage d'humain est un reste de chips.

Notdog file à l'étage. C'est là qu'il fait deux découvertes. Il gémit et Jocelyne monte en courant, suivie par John.

Dans la première chambre, ils découvrent Roger Bontemps. L'homme est profondément endormi.

— Ses pansements ont besoin d'être changés. Ils sont sales et tachés de sang, remarque Jocelyne.

John entend soudain un bruit. Il fait signe à Jocelyne de se taire. Il sort la tête dans le couloir. Personne. Il n'y a que Notdog assis devant une porte.

Un gémissement. Jocelyne se cache. John va ouvrir la porte avec précaution. Notdog se précipite dans la chambre et saute joyeusement sur un homme bâillonné et attaché: le vieux Fou.

— Viens, Jocelyne! C'est O.K.! crie John en entrant dans la pièce.

Vite il s'empresse de défaire le bâillon qui empêche le vieux de parler, pendant que Jocelyne court à la cuisine chercher un couteau pour couper ses liens.

De grosses larmes coulent des yeux tout ridés.

— J'avais perdu tout espoir. J'étais sûr que jamais personne ne viendrait me délivrer. Car personne ne vient ici. Comment ça se fait que vous soyez là ? Mais où est-ce que j'ai la tête ! Je ne vous ai pas encore remerciés, sanglote le vieux en massant ses poignets rougis et endoloris par la corde qui les attachait.

— C'est faux que personne ne vient, monsieur. Vous ne vous êtes pas attaché tout seul, dit Jocelyne.

— Et il y a l'homme dans l'autre chambre, ajoute John.

Le vieux caresse Notdog qui veut absolument lui donner la patte.

— Je vous dois des explications, mes sauveurs. Il faut faire vite. Très vite.

— Pour attraper celui ou ceux qui vous ont gardé prisonnier, suppose Jocelyne.

— Non. Pour attraper un tigre en liberté.

Chapitre VIII

On n'apprend pas
à un vieux singe à faire
la grimace

— Je n'ai toujours eu qu'une passion:
les animaux, raconte le vieux en massant
ses jambes engourdies. J'ai longtemps travaillé dans un zoo, en Ontario. Et quand
j'ai eu assez d'argent de côté, je me suis
installé ici, loin de tout. Et j'ai monté mon
propre zoo.

— Ce n'est pas illégal? soupçonne Jocelyne.

— Non, pourvu qu'on ait les permis.

— Vous les avez?

— Je peux marcher maintenant, dit le
vieux en se levant, sans répondre à la question.

— Pourquoi étiez-vous attaché? demande Jocelyne.

— Parce que j'ai découvert que mes fournisseurs d'animaux font de la contrebande d'animaux exotiques en voie de disparition. Et qu'ils font le commerce de bêtes sauvages. Ils vendent des ratons laveurs, par exemple, ou même des loups, à des particuliers qui les gardent en captivité. Et ça, c'est tout à fait illégal. Roger Bontemps fait partie de la bande. Venez.

— Qui d'autre?

Encore une fois, le vieux ne répond pas. Il entre dans la chambre de Roger, où l'homme dort toujours.

— On lui a donné des médicaments très forts pour soulager ses douleurs.

Il lui touche le front. Il est brûlant.

— Il est très malade. Ses blessures sont graves.

John s'approche:

— Ce n'est pas un ours qui l'a attaqué...

— Bien sûr que non; c'est le tigre. Roger Bontemps et son complice me le livraient lorsqu'ils ont eu un accident. Le tigre s'est sauvé. Il peut attaquer quelqu'un d'autre à tout moment.

— Dédé ne mentait pas quand il a dit qu'il a vu un tigre, murmure Jocelyne, inquiète.

— Où ça?! crie le vieux.

— En arrière de chez lui, au village.

— Au village! Mais oui! Il y a de la nourriture, là-bas. Vite, pas une minute à perdre!

Le vieux s'élance dans l'escalier. Les enfants le suivent. Notdog, qui vient de trouver un vieux sandwich au fromage, reste derrière. Une fois dans l'entrée, le vieux agrippe les clés de son camion.

— Avant, j'appelle l'ambulance. Il faut tout de suite ramener Roger Bontemps à l'hôpital.

Il décroche le combiné du téléphone, mais une voix se fait entendre de la porte:

— Vous n'appellerez personne.

Agnès rejoint ses amis:

— On est chanceux: Ti-Mé et son ami, M. Finn, sont venus ici par hasard et ils vont pouvoir... Qu'est-ce qui...

Elle se retourne. Ti-Mé menace tout le monde d'une carabine. Louis Finn a un sourire mauvais. Le vieux commence à composer le 9-1-1, mais avant d'avoir appuyé une deuxième fois sur le un, il voit

Louis Finn arracher le fil du téléphone.

Agnès, qui ne comprend rien de ce qui arrive, s'avance vers Ti-Mé:

— Voyons, Ti-Mé, c'est quoi, ce fusil-là?

— Va avec les autres, se contente-t-il de répondre sèchement.

Elle recule, interdite. Le vieux intervient:

— Laisse les enfants en dehors de ça.

— Je n'ai rien contre eux. Sauf qu'ils se sont mis le nez où ils n'avaient pas d'affaire. De toute façon, qu'est-ce que vous faites ici?

John explique:

— On a suivi une piste de kangourou, puis un zèbre.

— Un kangourou? Un zèbre? Comment ça? s'étonne le vieux.

— Les animaux se sauvent parce qu'il y a des portes ouvertes, un mur défoncé, des broches dans votre clôture...

— Des brèches, John, pas des broches...

Le vieux se prend la tête à deux mains:

— Mon Dieu, c'est la catastrophe! S'ils se sauvent, ils vont prendre froid. Je dois réparer la clôture, je dois les récupérer, je dois trouver le tigre. Oh! mon Dieu, mon

Dieu, mon Dieu!

— Non, vous n'irez nulle part.

Le ton de Ti-Mé est sans appel.

— Le tigre! La vie des gens est en danger!

Ti-Mé s'impatiente:

— Au diable ce tigre! On prend nos trésors brésiliens et on se sauve.

Agnès, qui ne comprend toujours pas, murmure à l'oreille de Jocelyne:

— Peux-tu m'expliquer?

— Ti-Mé et son ami Roger Bontemps font de la contrebande d'animaux sauvages et d'animaux en voie de disparition. Les trésors brésiliens, ça doit être des oiseaux ou quelque chose venu du Brésil.

Ti-Mé l'interrompt:

— Tu en sais beaucoup, ma belle.

Jocelyne continue:

— Ils fournissent aussi les animaux au vieux F... heu... pardon, au fait, c'est quoi votre nom?

— Shaw.

— M. Shaw s'est aperçu de tout. Il voulait avertir la police, mais ils l'en ont empêché.

Ti-Mé éclate de rire:

— Ah oui? Laissez-moi vous dire que

M. Shaw était au courant depuis un bout de temps. Par contre, il voulait son tigre. Alors il n'a rien dit. Et il nous a même permis d'utiliser ses installations pour qu'on y garde des animaux qui n'étaient pas encore vendus. Il a fallu que son satané tigre se sauve. Et il a eu la mauvaise idée d'appeler la police... Sauf qu'il n'était pas question qu'on soit dénoncés.

Le vieux Fou a l'air gêné. À cet instant, Notdog apparaît en haut de l'escalier en se léchant les babines.

— Sauve-toi, Notdog, sauve-toi ! lui crie Jocelyne.

Rapide et obéissant, Notdog recule, cherche une issue. Il voit la fenêtre de la salle de bain légèrement ouverte. Il bondit, s'aplatit le plus possible, passe dessous, saute du haut du deuxième étage dans la neige mouillée.

Louis Finn se lance à sa poursuite. Ti-Mé Lange l'arrête :

— Ne t'occupe pas de lui ! Même s'il allait jusqu'au village en courant, ça lui prendra un temps fou. Et on sera partis depuis longtemps. Ni vus ni connus.

Louis Finn se gratte la tête :

— Ni vus ni connus... Eux nous connaissent. Qu'est-ce qu'on va faire?

— J'ai ma petite idée. M. Shaw a une belle colonie de scorpions. N'est-ce pas, M. Shaw?

— Non! supplie le vieux Fou.

Agnès, John et Jocelyne comprennent avec horreur quelles sont les intentions de Ti-Mé.

***

De son côté, Notdog se demande comment venir en aide à Jocelyne. Il a compris que la situation est grave. Pourquoi? Cela n'est pas de son ressort. D'instinct, il cherche de l'aide. C'est alors qu'il tombe face à face avec le singe qui l'a sauvé de l'assaut du rhinocéros.

Il porte toujours son vieux manteau de soldat. Notdog s'approche doucement, les oreilles basses, la queue battante, en signe d'amitié. Puis il mord son manteau et tire dessus.

Intrigué, le singe le suit. Ils retournent vers la maison. La porte s'ouvre. Notdog se tapit dans la neige, le singe roule sous l'escalier. Louis Finn descend et se dirige vers un des bâtiments.

Le singe et Notdog sortent de leur cachette. Le singe regarde par une fenêtre. Il voit son maître et les enfants immobiles. Il voit aussi Ti-Mé, de dos, qui pointe une carabine vers eux.

Le singe décide de gratter à la porte. Notdog l'imite. Ti-Mé recule, tend une main vers la poignée:

— C'est toi, Louis? Tu as fait ça vite.

Il ouvre. Notdog lui passe entre les jambes. Ti-Mé réussit à ne pas perdre l'équilibre.

— Ne bougez pas! ordonne-t-il.

Le singe lui saute dans le dos en criant. Ti-Mé échappe son fusil. Le vieux M. Shaw s'en empare et le pointe vers Ti-Mé.

— Bravo, Mon Homme!

Le singe, ravi des félicitations de son maître, se tape sur la tête et va l'embrasser.

— Au tour de Louis Finn, dit Agnès.

Elle n'a pas aussitôt prononcé son nom qu'il apparaît dans le cadre de la porte, un aquarium dans les mains.

— Attention, c'est plein de scorpions! avertit le vieux.

Louis Finn échappe l'aquarium. Le singe roule sur lui-même et l'attrape avant qu'il aille se fracasser par terre. John se met à courir après Louis Finn qui se sauve vers la camionnette. Plus rapide que lui, John y arrive en premier, arrache les clés du volant et les lance le plus loin qu'il peut.

Ti-Mé en profite pour essayer de s'enfuir, mais Notdog lui plante les crocs dans un mollet. Ti-Mé s'étend de tout son long sur le plancher. Pendant que M. Shaw lui tient solidement les mains, Jocelyne trouve une corde pour les lui attacher.

Le coeur battant, Agnès se précipite sur l'aquarium dont le couvercle était entrouvert. Elle le referme juste comme un scorpion allait en sortir.

M. Shaw court dehors, à la recherche de Louis, avec Notdog qui le retrouve très vite. Ils le ramènent à la maison puis le ficellent solidement.

— Et maintenant? demande Agnès, étourdie.

— On file au village avertir la police. Et chercher le tigre.

— Qui va rester avec eux? s'inquiète Jocelyne.

— Mon Homme va s'en charger. Hein, Mon Homme? Tu les surveilles et tu ne les laisses surtout pas s'enfuir. Et n'écoute pas, même s'ils te proposent des bananes!

Le singe fait signe qu'il a compris avec de grands gestes et s'assoit sur une chaise, prenant ses ordres très au sérieux.

La nuit est tombée. M. Shaw saute dans la camionnette. John, confus, lui explique qu'il a lancé les clés Dieu sait où.

Tout à coup, ils entendent des cris.

— Winoski!

L'attelage, mené par Pape, apparaît et, vite, s'arrête près d'eux. Pape et Notdog se toisent. Winoski s'approche.

— Peux-tu nous emmener au village en quatrième vitesse? demande M. Shaw. Il y a un tigre en liberté!

— Montez!

— Attendez! dit Jocelyne.

Jocelyne fait entrer son chien dans la camionnette et prend une poignée de paille.

— Sens, Notdog, sens. C'est l'odeur du tigre.

Tout le monde embarque sur le traîneau à chiens.

— Tenez-vous bien! On part! crie Winoski.

Et le traîneau décolle, laissant derrière Mon Homme, qui s'amuse comme un petit fou à faire des grimaces à ses prisonniers.

Chapitre IX
Sésame,
calme-toi

Au même moment, au village, le petit Dédé Lapointe joue tranquillement dans sa cour. Il a finalement réussi à convaincre sa mère de le laisser prendre l'air. La neige est bien collante et Dédé a entrepris de faire un bonhomme de neige géant.

La mère de Dédé allume la lumière extérieure, car la noirceur tombe. Par la porte, elle l'avertit:

— Tu rentres dans cinq minutes!

Dédé roule une boule de neige. Il la pousse le long de la haie et, tout à coup, il remarque un bout de queue noire qui disparaît aussitôt.

«Il a une grosse queue, ce chat-là», pense Dédé. Et il s'approche en appelant:

— Minou, minou, minou!

Cinq minutes plus tard, comme elle l'avait annoncé, Mme Lapointe sort chercher son fils. Dès qu'elle met le pied dehors, l'inquiétude la gagne: elle ne le voit pas. Elle entend soudain une toute petite plainte: «Maman, maman, viens me chercher...»

Elle aperçoit Dédé, paralysé par la peur, et le tigre tapi sur le sol, en position d'attaque.

Affolée, elle sent son coeur battre trop fort dans sa poitrine. Immobile au beau milieu de la cour, elle essaye de réfléchir vite. Vêtue d'une simple chemise, elle ne sent pas le froid que ramène un vent du nord. Les yeux rivés à la fois sur son fils et sur le tigre, elle se demande quoi faire pour sauver Dédé.

Elle avance à tout petits pas, cherche

quelque chose à lancer pour assommer le tigre. «Le feu, c'est ce qu'il faut...»

C'est alors qu'elle entend la voix de M. Winoski qui donne des ordres à ses chiens. Le tigre aussi a entendu. Il tourne sa tête immense. Et ce qu'il voit, c'est un chien jaune bondissant d'un traîneau, grognant et montrant les crocs, un chien courageux qui ne fait pas le poids avec lui.

Tout se déroule à la vitesse de l'éclair. Le traîneau s'arrête. Jocelyne panique et crie à Notdog de revenir. Mais son chien a décidé de protéger Dédé. M. Shaw dit à Winoski de détacher son attelage. Libéré, Pape court prêter main-forte à Notdog et se place derrière le tigre.

Les chiens tournent autour du tigre, et c'est comme s'ils s'étaient consultés sur la tactique à adopter. Dès que le tigre fait mine d'aller vers l'un, l'autre l'attire vers lui.

La mère de Dédé profite de l'inattention du tigre pour courir chercher son fils, le prendre dans ses bras et l'emmener en sécurité dans la maison.

M. Shaw s'approche, l'attelage en main. Et il se met à parler une étrange langue. Chacun retient son souffle. Le seul mot

Qui a déjà touché à un vrai tigre ?

intelligible est Sésame, le nom du tigre.

Le vieil homme avance lentement, les yeux rivés sur ceux du tigre. L'animal fixe M. Shaw.

La voix de l'homme est douce, apaisante. Les mots étranges se suivent sur un ton qui est presque une chanson. Pour les inséparables, qui regardent la scène avec peur et fascination, le vieux Fou devient un vieux magicien qui possède le secret du langage des animaux.

L'homme et le tigre se font face. Les autres se demandent si l'apparente docilité du tigre n'est pas une feinte pour mieux attaquer une proie facile.

Mais voilà que le tigre se couche sur le sol. M. Shaw continue toujours son extraordinaire monologue. Il tend la main, caresse la tête de la magnifique bête. Il lui passe l'attelage, puis fait lever le tigre, qui le suit comme un chien. Le vieil homme l'attache à un gros arbre.

— Tout ira bien maintenant, dit-il.

Personne n'ose bouger. C'est alors que parviennent de la maison les pleurs de Dédé qui vient tout juste de réaliser que le danger est écarté.

Chapitre X

Un tigre passé à la sécheuse

Le lendemain après-midi, le mercure est retombé à moins 20 degrés. Dans sa cuisine, la mère de Dédé Lapointe prépare du café, du chocolat et des jus pour tous les visiteurs qui viennent s'enquérir de l'état de son fils: les inséparables, le chef de police et M. Winoski. Dans la cour, Notdog et Pape se disputent amicalement un bout de bois.

Dédé, ravi de l'attention qu'on lui porte, raconte pour la dixième fois son face-à-face avec le tigre.

— Il avait plus peur que moi! déclare-t-il, persuadé que c'est vrai.

— Eh bien, tout se règle, commente le chef. Roger Bontemps, une fois rétabli, ira rejoindre Ti-Mé et Louis Finn derrière les barreaux. On a déjà les adresses de leurs clients et on confisquera leurs animaux pour les donner à un zoo.

— Et M. Shaw? Il n'est pas méchant, il aime juste beaucoup les animaux, s'inquiète Jocelyne.

— Et mon ami le tigre? demande Dédé.

— Et Mon Homme? demande John.

— Et tous les animaux? demande Agnès.

Le chef adore être pressé de questions et prend une voix officielle:

— M. Shaw n'avait aucun permis. Le ministère de la Faune lui retirera tous ses animaux.

— Mais il s'en occupait bien. Il sait leur parler, c'est un don. Vous ne pouvez pas lui faire ça! proteste Jocelyne.

— M. Shaw n'a pas suivi la loi. Et il n'a pas dénoncé les contrebandiers. Je suis certain qu'il s'en tirera avec une peine de travaux communautaires, pas plus. Pour les animaux, le maire Michel a une solution qui devrait plaire à tout le monde: il a décidé d'ouvrir un zoo. Même qu'il a un projet pour M. Shaw: il veut le nommer responsable du zoo.

— Est-ce qu'il y aura mon tigre dans le zoo? s'inquiète Dédé.

— Probablement, répond le chef au garçon, ravi. Quant à Mon Homme, ça te plairait, John, de t'en occuper jusqu'à ce que M. Shaw puisse le reprendre? Il avait l'air de bien t'aimer.

— Oh oui! avec plaisir! s'exclame John.

Agnès s'approche de M. Winoski:

— Nous vous devons une fière chandelle. Si vous n'étiez pas venu... Dites-moi, on vous a vu dans la forêt.

— Je connaissais ce zoo et M. Shaw. C'est lui qui m'a d'ailleurs fait cadeau de Pape. Pape est un chien-loup.

— Pardon? s'inquiète Jocelyne.

— Ne t'en fais pas. Il ne fera aucun mal à ton chien ni à personne. C'était un secret entre moi et M. Shaw. Aussi, je n'ai rien dit de son zoo. Quand j'ai appris qu'un homme avait été attaqué par un animal, j'ai pensé qu'il s'agissait d'un de ceux de M. Shaw. C'est ce que j'allais vérifier lorsque vous m'avez vu. Certains de ces animaux sont dangereux: le guépard, le rhinocéros.

— On a eu l'occasion de le rencontrer, celui-là, se souvient Agnès.

— Mais vous êtes arrivé bien après nous, précise John.

— J'ai vu la brèche dans la clôture et j'ai voulu la réparer avant qu'une autre catastrophe se produise. Je me suis dit que c'est par là que l'animal qui avait peut-être attaqué Roger Bontemps était passé. Je suis retourné chez moi chercher mes outils et, le temps de réparer, je suis ensuite venu pour voir M. Shaw. On connaît la suite.

— C'est étonnant que personne n'ait été au courant de l'existence de ce zoo, fait remarquer Jocelyne.

— Quelqu'un d'autre savait, avoue M. Winoski.

Là-dessus, on sonne. La mère de Dédé ouvre. C'est Méo Taillefer.

— Je voulais prendre des nouvelles de Dédé et je... euh...

— Justement! Voici l'autre personne qui était au courant, lance M. Winoski.

Le sculpteur entre, salue tout le monde. Jocelyne lui résume leur conversation.

— Je... oui... je savais. Quand le maire Michel a parlé de lion, au souper de hot-dogs, j'ai tout de suite pensé que ce n'était pas un ours qui avait attaqué l'homme que vous avez trouvé. C'était peut-être le guépard de M. Shaw qui s'était sauvé.

— Pourquoi n'avoir rien dit? demande Agnès.

— Parce que j'aime bien M. Shaw. Il me donne des conseils pour mes sculptures animalières. Pour qu'elles aient l'air plus vraies. Je savais bien qu'il n'était pas tout à fait dans la légalité, mais comme il traite admirablement ses animaux...

— Décidément, tout le monde aime bien ce vieux monsieur, constate le chef.

— C'est chez lui que vous alliez quand on vous a coincé dans les bois?

Devant l'oeil surpris de Méo, Agnès intervient:

— John veut dire croisé dans les bois.

— Oui. Je voulais vérifier mes doutes. Sauf que, tout à coup, j'ai pensé à une de mes chattes. Elle avait un comportement bizarre hier matin et je n'ai pas fait attention. En marchant, j'ai compris: elle allait accoucher! J'ai regagné la maison le plus vite que j'ai pu.

— Oh! Elle a eu ses chatons? dit Dédé, tout excité. Je pourrai aller les voir?

— Elle en a eu quatre.

C'est alors qu'on entend un miaulement.

Qui a déjà touché à un vrai tigre ?

— Je... euh...

Le sculpteur sort de sa poche un chaton de deux mois, tigré.

— Vous savez, j'ai plusieurs chats et une autre chatte a eu des bébés, déjà... Je ne sais pas, madame Lapointe, si...

— Quelle bonne idée! lance-t-elle.

— C'est pour toi, mon garçon.

Bouche bée, Dédé prend le chaton et le serre sur son coeur.

— Oh, merci! Je vais l'appeler Sésame!

Jocelyne sourit avec tendresse:

— Il sera un peu moins dangereux que le vrai tigre.

John, Agnès et Jocelyne entourent Dédé et caressent tour à tour le chaton. Dehors, deux chiens qui ont sauvé la vie d'un enfant jouent joyeusement, comme si de rien n'était.

Sylvie Desrosiers

LA TOMBE DU CHAMAN

Illustrations
de Daniel Sylvestre

la courte échelle

À Brandy, Mozart et à tous les chiens
que j'ai croisés sur ma route.

Chapitre I

Un, deux, trois, quatre, mon p'tit chien a mal aux pattes

On n'avait jamais vu ça: de la neige un 16 mai! Personne, dans ce charmant village des Cantons de l'Est, ne voulait sortir. Certains y étaient bien obligés, comme Jocelyne. Elle avait rendez-vous chez la vétérinaire, Mme Leboeuf, avec son chien Notdog, le chien le plus laid du village et aussi le héros local.

Depuis quelques semaines, Notdog tire de la patte. Il est un peu raide, le matin, au lever. Il ne court plus après les bâtons que lui lance sa maîtresse, et il reste allongé presque toute la journée.

— Hum! Notdog a de l'arthrite. Regarde, ici, on en voit les signes, explique la vétérinaire en suivant de l'index le tracé des os sur les radiographies.

Il n'en faut pas plus pour inquiéter Jocelyne:

— Il ne va pas…

— Mourir? Sûrement pas! C'est juste qu'il se fait de plus en plus vieux. Alors, des bobos de vieillesse apparaissent. On va lui donner des médicaments pour le soulager. Je vais te montrer: tu prends le comprimé avec tes doigts, tu lui ouvres la gueule et tu le mets au fond de sa gorge, comme ça.

«Je déteste cette femme et cet endroit, pense Notdog. Pourquoi est-ce que ma maîtresse s'acharne à m'y emmener? Moi qui lui fais toujours plaisir…» De mauvaise humeur, il recrache le comprimé, l'air victorieux. Mais Mme Leboeuf est plus forte que tous les chiens qu'elle soigne; elle lui enfonce le médicament si loin dans la gorge qu'il l'avale de force.

Jocelyne est horrifiée:

— Je ne serai jamais capable de faire ça!

— Hum! C'est un coriace, ton chien!

Cache le comprimé dans sa nourriture.

— Dans un morceau de fromage! Il adore.

Notdog tend l'oreille: «Fromage? Jocelyne a bien dit fromage? C'est vrai que chaque fois que je sors d'ici j'ai droit à une gâterie» se souvient celui qui est aussi le chien le plus aimé du village.

En sortant de la clinique, Jocelyne veut vite rentrer chez elle. En cette journée de neige pas bienvenue du tout parce que tous ont hâte à l'été, Notdog, lui, est assez content: à cause de son poil jaune orange très épais, il préfère l'hiver. Au dépanneur d'Édouard Duchesne, l'oncle de Jocelyne avec qui ils habitent en haut du magasin, il rechigne à rentrer.

— Ok. Va te promener. Je serai à l'agence, dit Jocelyne à son chien, certaine qu'il a compris.

Notdog retrouve toujours Jocelyne, où qu'elle soit. Il part donc en direction de la rue Principale.

Tout le monde connaît Notdog. Chaque jour depuis des années, il fait sa tournée.

Il renifle chaque centimètre de mur et de trottoir, chaque poteau et borne-fontaine. Il déchiffre les messages laissés par les chiens, chats et êtres à quatre pattes qui passent par là et qui sèment leur urine comme des courriels. Les messages sont particulièrement nombreux dans la cour de chez Steve La Patate, où les poubelles du restaurant recèlent de restes appétissants.

À l'entrée de la caisse populaire, le gérant, Jean Caisse, donne à Notdog son biscuit quotidien. Joe, du garage Joe Auto, l'attend pour partager ses rôties du matin. Mimi Demi, du Mimi Bar & Grill, lui verse de l'eau dans un vieux lavabo. Et à l'auberge Sous mon toit, le propriétaire lui distribue des caresses en racontant aux clients les prouesses de ce chien qui a aidé à résoudre tant de mystères. Enfin, au bout de la rue, le célèbre artiste du village, Jimmy Picasso, repenti et réhabilité après l'affaire de la fausse monnaie[*], a taillé un cèdre centenaire en forme de Notdog.

C'est là que le chien reprend son souffle.

Puis il décide de continuer vers la forêt toute proche qui regorge de délices comme des carcasses d'animaux morts depuis deux jours.

[*] Voir *Qui a peur des fantômes?*

La neige recouvre ses sentiers habituels. Elle fond tout de suite sous la chaleur des pattes douloureuses de Notdog. Il suit le ruisseau à l'eau glacée, le museau enfoncé dans l'épaisse couche de blanc. Il fouille sous les feuilles humides tombées à l'automne, sous les branches cassées par les vents ou dans l'ouverture des terriers de mulots, lièvres et mouffettes dissimulés un peu partout.

Le voilà suivant la piste d'un de ces coyotes prétentieux qui se prennent pour des loups. Étrangement, alors que ses pattes le ralentissaient tout à l'heure, elles ne le font plus souffrir. Notdog se met à gambader joyeusement. Il aperçoit une petite butte de branches.

«C'est bizarre qu'un castor ait installé sa maison ici: il n'y a pas d'eau autour» se dit Notdog.

Et pour cause. Ce n'est pas une hutte de castors. Et l'odeur qui se dégage de la construction est familière. En grattant fort, Notdog réussit à déplacer quelques branches et à y pénétrer.

S'il avait été un humain, il se serait exclamé: «Wow!»

Chapitre II
La ruée vers l'Ouest

Un peu en retrait tout au bout de la rue Principale, un vieil autobus scolaire a d'abord été transformé en stand à patates frites. Puis son propriétaire, Steve La Patate, victime de son succès, a ouvert un vrai restaurant. Il a alors laissé son stand aux inséparables, trois jeunes de douze ans: Agnès, la jolie rousse qui porte des broches[*], Jocelyne, la brunette rêveuse aux cheveux bouclés, et John, l'Anglais blond à lunettes. Ils y ont installé leur agence de détectives, l'agence Notdog, du nom de leur mascotte.

Ils sont là, tous les trois, la mine triste. La fin de l'année scolaire approche et,

[*] Appareil orthodontique.

bien sûr, ce n'est pas ce qui les rend malheureux, au contraire! Non, ils viennent d'apprendre une affreuse nouvelle: John déménage. En Alberta. Au pied des montagnes. À trois jours de train. À plus de quatre heures d'avion. Au bout du monde. Les parents de John en parlaient depuis un moment déjà, mais John ne voulait ni les écouter, ni y penser.

Personne ne sait trop quoi dire. Ils sont sous le choc. Eux qui ont grandi ensemble, qui ont vécu tant d'aventures dans ce village en apparence tranquille, ne peuvent imaginer se séparer. Ils sont assis côte à côte sur un ancien siège arrière de voiture.

— Je ne veux pas y aller, marmonne John en regardant le bout de ses souliers mouillés.

— Tu vas habiter un vrai ranch, avec dix fois plus de chevaux que ce que vous avez ici. Ce sera super, l'encourage Jocelyne, pas convaincue du tout.

— Il paraît que là-bas les wapitis se promènent en liberté dans les rues, ajoute avec entrain Agnès qui aimerait plutôt se mettre à pleurer.

— Là où je vais, ce ne sont pas les wapitis qu'on voit en liberté, mais les éperons.

Les filles le regardent sans comprendre.

— Les éperons! Les chevaux mâles!

— Ah! Les étalons, tu veux dire, le corrige Agnès, comme elle le fait depuis toujours quand John se trompe de mot.

— Je n'y arriverai jamais avec le français! lance-t-il.

— Nous non plus, ne t'inquiète pas, s'esclaffe Jocelyne.

— Là-bas, tu n'auras pas à le parler, tente Agnès.

— Ça ne me console pas du tout.

Ils soupirent en choeur.

À ce moment-là, ils entendent des coups légers frappés à la porte. La poignée remue et le petit Dédé Lapointe apparaît, tremblant de froid dans son imperméable trop grand.

— Je vous dérange?

Jocelyne sourit et lui fait une place entre elle et Agnès.

— Non, viens t'asseoir, on va te réchauffer.

Dédé s'installe entre les filles. Ses pieds ne touchent pas à terre. Il a son air préoccupé que les inséparables connaissent bien, celui du seul enfant de six ans au monde qui voit des complots partout.

— On dirait que quelque chose te tracasse, Dédé, commence Agnès.

— Vous savez que je finis ma maternelle bientôt...

— Oui! Tu t'en vas en première année en septembre! C'est sérieux, tu es grand maintenant, continue John.

— C'est ça qui me chicote: est-ce que la commission scolaire va me confisquer ma souris en peluche? Parce que je suis grand maintenant?

Jocelyne retient un fou rire:

— Mais non, voyons!

— Es-tu certaine?

— À cent pour cent.

On gratte alors à la porte. Jocelyne va ouvrir. Notdog entre. Il dépose un paquet aux pieds de sa maîtresse.

— Tu as un petit cadeau pour moi?

Elle ramasse un collier fabriqué avec de la corde nouée artistiquement et ornée au centre d'une pierre polie vert émeraude.

— C'est joli! Où l'as-tu trouvé?

Agnès s'approche:

— C'est vieux, en tout cas, la corde est usée et brisée ici, et là.

Notdog promène son regard de l'une à l'autre. «Quand est-ce que j'ai ma récompense pour le beau cadeau?» pense-t-il.

— On dirait une allumette, remarque John.

— Pardon? lancent les filles en choeur.

— Oui, quelque chose qui préserve des dangers, des maladies…

— Une amulette! dit Dédé, tout fier de connaître le mot.

Jocelyne l'applaudit:

— Tu es vraiment prêt pour la première année!

Puis elle met le collier autour du cou de Notdog:

— Ça pourrait peut-être te préserver des puces, sauf que tu as déjà un collier et celui-ci est vraiment beau. Il est pour moi. Tu mériterais un bel os.

Os! C'est le plus beau des trente-neuf mots de vocabulaire de Notdog, après Jocelyne. «Os? Veux-tu un os? Attends, ce ne sera pas long.» Notdog se met à aboyer et à sautiller. Jocelyne lui ouvre la porte.

— As-tu envie?

Mais Notdog détale.

Il ne faudra pas plus de vingt minutes à Notdog pour retrouver la cachette et en extirper un os de belle taille. «Attends que Jocelyne voie celui-là! Je suis certain que pour une fois elle ne pourra pas résister et elle va vouloir y goûter» pense-t-il en trottinant vers le village.

Il n'a pas vu l'homme à la pelle qui l'a aperçu de loin. Il ne l'a pas entendu accourir vers lui. Il a emprunté son raccourci à travers un sous-bois trop dense pour que l'homme puisse le suivre. Il ne sait pas que son poursuivant se penche pour inspecter ses traces. Et qu'il sera capable de les reconnaître.

***

Au restaurant Steve La Patate, la neige attire autant de monde que les beaux jours d'été. Ou bien on vient s'y réchauffer, ou bien on vient s'y rafraîchir à l'air climatisé. Il y a toujours une bonne raison pour aller chez Steve, surtout qu'il sert les meilleures frites de la région. C'est là que se sont réfugiés les inséparables, après avoir longtemps gelé dans leur local sans chauffage.

Alors que Jocelyne sort le collier de sa poche et se le passe au cou, le nouveau roi du restaurant, le perroquet Poutine, commence à hurler:

— Pourrie, ta poutine, Steve, dit-il pendant qu'une femme vêtue comme une exploratrice, avec un tamis suspendu à son cou, paye son addition.

— Ok. Demain, je la prépare avec toi, répond Steve qui arbore son t-shirt préféré, sur lequel est écrit: *J'AIME LA GRAISSE POLYINSATURÉE*.

— Pourrie pareil, continue le perroquet.

La dame éclate de rire. Steve hausse les épaules en signe d'impuissance. Elle range sa monnaie dans une de ses nombreuses poches. Au moment de partir, elle doit reculer, car Bob Les Oreilles Bigras entre en la poussant.

— Salut, mon Steve! Aujourd'hui, ça va être du ketchup aux boulettes!

Le voyou local, sale, la veste de cuir usée, le jean déchiré aux genoux, la barbe de six jours douteuse, aperçoit les inséparables, ses ennemis jurés, et se dirige vers leur table.

— Je pensais qu'il faisait trop froid pour que les microbes sortent!

— Les mouches aussi, lance John. Tu en as plein qui te tournent autour.

— Impossible: je me suis lavé le mois passé!

Soudain, il aperçoit l'amulette au cou de Jocelyne. Il la touche.

— C'est laid en titi, ça. Ça fait que c'est mon genre. Je te l'achète, une *piasse*. Non, cinquante sous. C'est mon dernier prix.

Méfiante envers Bob qu'elle connaît trop bien et qui est très capable de la lui voler au cou, Jocelyne cache l'amulette à l'intérieur de son chandail.

— Tu es trop généreux, Bob. Mais mon collier n'est pas à vendre.

À ce moment, la dame à la veste d'exploratrice rentre. Elle crie:

— C'est à qui, la moto? Elle empêche mon camion de passer.

Bob se retourne et s'avance vers elle en traînant les pieds:

— Bon, j'arrive. J'avais laissé cinq centimètres. C'est en masse pour un bon chauffeur.

Quand il ouvre la porte, Notdog entre en trombe avec son os.

Chez Steve, Notdog est comme chez lui. La dame lui cède le passage, va sortir, se ravise et le regarde aller à la table des inséparables.

La tombe du chaman

— Enfin, tu es là! s'exclame sa maîtresse. Wow! Il est gigantesque, cet os-là. Tu vas en avoir pour la journée à l'enterrer.

La dame s'approche alors pour examiner de près l'os de Notdog.

— Vous permettez? Hum! Incroyable! Savez-vous ce que c'est?

— Bien, un os, répond John.

— Oui, mais plus exactement? Non? C'est un fémur. Ancien.

— Un fémur de chevreuil peut-être? suggère Agnès.

La dame hésite, puis se décide:

— C'est un fémur d'humain.

— Quoi! crient en même temps les inséparables.

Jocelyne serre instinctivement Notdog contre elle pour le protéger. La dame lui tend la main:

— Je me présente: Lara Massé, archéologue.

Chapitre III
Les frites donnent-elles des hallucinations?

Devant chez Steve, un attroupement s'est formé autour du camion de Lara Massé, sur lequel on peut lire l'inscription: *Lara Massé, fouilles en tout genre.*

Pendant que l'archéologue enveloppe soigneusement l'os, Notdog ne tient pas en place. «La chipie! Mon os, elle le veut pour elle toute seule! Je le sais. Bonne chance pour l'enterrer, celui-là, avec juste deux pattes» pense-t-il, fâché.

— C'est grave, il faut prévenir la police! décrète John qui, du coup, a oublié son déménagement.

Lara Massé dépose l'os sur le siège avant.

— Je m'en charge. C'est l'habitude,

205

lors de fouilles, de prévenir les autorités.

Agnès n'est pas d'accord:

— Pourquoi vous? On peut aller voir le chef, on le connaît bien et c'est Notdog qui a rapporté ce fémur.

Lara Massé semble réfléchir:

— Pour le moment, le plus urgent, c'est justement que ce chien nous mène où il a découvert cet os. Les chiens ont la mémoire courte, non? Il faut le faire maintenant. Le temps d'aller au poste, il sera peut-être trop tard.

— C'est vrai, admet Jocelyne.

L'archéologue développe l'os, se penche vers Notdog pour qu'il le renifle:

— Où as-tu trouvé ça?

— Cherche, Notdog, cherche, ordonne Jocelyne.

Notdog reste immobile. «Un fou. Pour qu'elle me vole le reste? Jamais!»

Jocelyne est surprise et le lui demande de nouveau; même réaction.

— Plus tard. Vous savez, mon chien fait de l'arthrite et il a peut-être mal aux pattes. J'habite juste au-dessus du dépanneur, avec mon oncle. Venez dans une heure, il sera reposé.

— En attendant, j'irai voir le chef.

Bob Les Oreilles Bigras niaise autour de sa moto en faisant semblant de vérifier son moteur. Il écoute. Il voit Jocelyne qui tire sur la corde du collier pour le sortir de son chandail et le montrer à Lara Massé.

— Oh, vous qui êtes archéologue, mon chien m'a…

Bob se précipite alors entre elle et Lara Massé. Il agrippe le tamis suspendu à son cou.

— C'est votre petit tamis, ça?

Il éclate de rire, tout seul.

— Bien quoi, petit, tamis, un ami; elle est bonne, non?

Soudain, Jocelyne a un étourdissement. Elle ferme les yeux, n'entend plus ses amis, ni l'archéologue, ni Bob, mais plutôt

des voix étranges, des chants aux consonances inconnues. Des images surgissent en même temps dans sa tête: dans la forêt, un immense rocher, troué en son milieu, autour duquel volent de manière chaotique de nombreux points lumineux. La voix de John la fait sortir de son brouillard:

— Ça va, Jocelyne?

— Je ne sais pas, je, euh… J'ai comme des bourdonnements dans les oreilles. J'espère que ce n'est pas une otite qui commence. Je crois que je vais aller me reposer avec Notdog.

Ce n'était pas une otite. Pour la guérir, ça prendrait autre chose que des antibiotiques à la banane.

Chapitre IV

Est-ce la maladie ou l'heure qui est la plus grave?

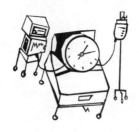

Jocelyne est dans son lit. Elle entend les mêmes chants que sur le trottoir, mais amplifiés. Les mêmes images défilent derrière ses yeux clos, puis en apparaissent de nouvelles. Un brouillard épais enveloppe le rocher gris. Peu à peu, des boules aux contours flous se changent en têtes humaines flottant dans les airs. Elles se précisent, et Jocelyne comprend qu'il s'agit d'Amérindiens.

Voilà l'origine des chants inconnus. Les têtes tournent de plus en plus vite autour de Jocelyne, en sueur et paralysée sous ses couvertures.

La tombe du chaman

En bas, au dépanneur, Édouard Duchesne est en train de rédiger l'affiche de la semaine qu'il va coller dans la vitrine: SPÉCIAL NEIGE: *deux cornets de crème glacée molle pour le prix d'un!*

Devant la porte, Notdog est tout piteux d'avoir perdu son trésor.

Regardant à gauche, à droite, Bob attend d'être certain que personne ne le voit, puis il vient s'accroupir devant Notdog qui grogne à son approche. Il agite devant lui un sac de crottes au fromage.

— En veux-tu? Tu es gourmand, vous êtes tous gourmands, vous autres, les chiens. Hum? Des bonnes crottes au fromage de mononcle Bob. Tu vas venir lui montrer où tu as trouvé le joli collier. Hein? Bob, il connaît ça, les roches de même…

Notdog sent le contenu du sac, hésite. C'est tentant. Il n'aime pas Bob, mais celui-ci lui offre quelque chose de délicieux. Il se lève enfin et le suit.

— Bon chien! Hi, hi, hi...

Notdog et Bob ont à peine disparu au bout de la rue quand le camion de Lara Massé stationne non loin du dépanneur. Sa conductrice ne sort pas immédiatement.

Elle parle au téléphone:

— C'est ça, oui, très ancien… Avec un berger allemand entraîné, on trouverait sûrement, sauf que tu devrais voir le chien: il est plutôt du genre UN neurone, et je suis généreuse… Écoute, ça vient peut-être juste du cimetière local, mais sait-on jamais. Croisons les doigts: pour une fois qu'on n'arriverait pas au congrès les mains vides… Ok.

Elle range son téléphone et voit John et Agnès entrer au dépanneur.

À l'intérieur, Édouard Duchesne est en train d'étiqueter des jouets en plastique à un dollar: fusils à eau, maquillage, bijoux, quand entrent Agnès et John.

— Bonjour, monsieur Duchesne. Est-ce que Jo est là? demande Agnès.

— Allo, les jeunes. Elle est dans sa chambre, elle a de la fièvre. Pour moi, elle couve quelque chose.

C'est à ce moment que Lara Massé pousse la porte:

— Est-ce que je suis bien chez Jocelyne? Je me présente, Lara Massé.

Elle se dirige vers Édouard et tend la main avec empressement.

— C'est elle qui fait des nouilles, explique John.

— Des fouilles, John, fouilles, pas des nouilles, le corrige Agnès.

Jocelyne apparaît, pâle et chancelante.

— On est venus voir si tu allais mieux, dit John.

— Un peu.

— Ça ne paraît pas, juge Agnès.

John approuve, inquiet.

— En effet, enchaîne Édouard Duchesne. On devrait aller à la clinique.

— Non, non, je crois que c'est une grippe, répond sa nièce.

Le regard de Lara Massé est alors attiré par l'amulette. Elle s'avance vers Jocelyne et touche le pendentif.

— C'est joli, ce collier. Il vient d'où?

— Notdog me l'a apporté ce matin, il a dû le trouver dans une poubelle. Je voulais vous demander votre avis là-dessus quand je me suis sentie étourdie.

Jocelyne enlève le bijou et le donne à Lara qui l'examine attentivement, d'un oeil de spécialiste, de tous les côtés. Elle gratte la pierre avec ses ongles, analyse les noeuds décoratifs dans la corde.

— Il t'en rapporte, des choses, ton chien... Ce collier n'a aucune valeur, vraiment pas. Mais c'est le genre de bijou qui plairait à ma nièce. Je vais la voir, demain, à San Francisco. Si tu veux, je te l'achète.

Jocelyne reprend son collier et le remet à son cou.

— Non, c'est un cadeau de mon chien.

Édouard Duchesne s'empresse de montrer à Lara Massé des bijoux jouets qui ressemblent au collier.

— Êtes-vous allée voir le chef de police? s'informe John.

— Oui, oui. On s'était dit que Notdog me montrerait plus tard où il a fait ses trouvailles.

Jocelyne va voir à la porte:

— Bizarre, il n'est pas là.

Soudain, elle ferme les yeux et chancelle. Son oncle s'empresse de la soulever dans ses bras protecteurs.

— Toi, au lit. Les grippes de printemps, ce sont les pires. Bon, tout le monde dehors. Revenez demain.

— C'est que demain, je dois partir et je tiens vraiment à…

— Je regrette.

Le ton d'Édouard est ferme.

**

En retournant chez eux, Agnès et John font une curieuse rencontre. Un homme suit des traces sur le trottoir mouillé. Lorsqu'ils passent près de lui, l'homme leur demande:

— Je cherche un chien jaune, laid, celui qui a laissé ces traces. En connaissez-vous un?

— Vous parlez de Notdog, répond John. Il habite en haut du dépanneur. Mais ça ne sert à rien d'y aller maintenant parce qu'il est parti, on ne sait pas où.

— Pourquoi le cherchez-vous? ajoute Agnès, méfiante.

— À cause des morts.

L'homme rebrousse chemin et marche jusqu'au coin de la rue. Il monte dans une camionnette et part.

***

Non loin de là, dans la cour arrière de chez Steve La Patate, Bob Les Oreilles Bigras offre un drôle de spectacle à des oiseaux alignés sur le fil téléphonique.

Bob essaye de convaincre un Notdog impassible de bouger. Il montre des directions, se met à quatre pattes, s'avance, lève une jambe à l'horizontale, en position du chien de chasse qui indique un animal.

Puis Bob ramasse le sac de crottes au fromage qui traîne par terre, le retourne, le déchire, le présente à Notdog. «Qu'est-ce qu'il a à vouloir me faire lécher un sac vide, celui-là? Bon, bien, s'il n'a plus rien à manger, moi, je m'en vais.» Ce qu'il fait.

Frustré, Bob court vers les oiseaux en criant pour les chasser.

— Y a rien à regarder! L'espèce! Il vient de me faire perdre un dollar et quart! Non, pas vraiment: je l'avais volé, le sac. Et je pense que je vais aller en voler d'autres!

Il lèche les dernières miettes sur le plastique et repart vers la rue Principale en réfléchissant à une nouvelle stratégie.

Il n'est pas le seul car, dans sa chambre de l'auberge Sous mon toit, Lara discute encore au téléphone:

— Tu me prends le vol le plus tard possible demain. Seize heures? C'est tôt, mais tant pis. Il a peut-être trouvé un trésor archéologique! Je te dis, c'est encore mieux que l'os humain... Peut-être que les deux viennent de la même place... Auquel cas on mettrait la main sur... oui, c'est ça. Rare. Écoute, si j'arrive à l'apporter, on l'aura, la subvention pour les fouilles futures. Garanti... et plus. Mais non, ce n'est pas vraiment du vol... Je vais trouver un moyen, fie-toi à Lara Massé.

Chapitre V

Qui, que, quoi, dont, où?

Le lendemain matin, le soleil brille sur le village, et la neige de la veille fond à vue d'oeil. Déjà, les trottoirs ont retrouvé leur gris d'origine et des rigoles coulent le long des rues.

Jocelyne n'a plus ni fièvre ni étourdissements. Après l'avoir prouvé à son oncle, thermomètre à l'appui, elle l'a convaincu de la laisser sortir.

Claquant comme d'habitude la porte du dépanneur malgré qu'elle ait promis de ne plus le faire un million de fois au moins, elle va rejoindre Agnès et John à l'agence. Bien sûr, Notdog lui emboîte gaiement le pas après avoir avalé son comprimé du matin. Pas loin derrière, Lara Massé les suit discrètement.

En passant devant la maison de Dédé Lapointe, Jocelyne l'aperçoit en train de faire des pâtés de neige avec son équipement de plage. Elle lui dit bonjour et continue son chemin, mais Dédé court vers elle:

— Jocelyne! As-tu remarqué que Notdog a le museau orange?

— Oui, il est rentré comme ça, hier; il a dû trouver une mine de crottes au fromage.

— Moi, si j'étais toi, je l'emmènerais tout de suite chez la vétérinaire! Il a peut-être été contaminé par de l'agent orange.

Jocelyne reprend son chemin en pouffant de rire.

Agnès et John sont déjà à l'agence. L'eau de fonte coule à travers le plafond et tombe dans une poubelle. L'affiche de cheval qui ornait un mur depuis toujours vient de se décoller en se déchirant. Le local devrait être réparé avant que le maire Michel décide de l'envoyer au cimetière des véhicules.

Jocelyne entre d'un pas léger.

— Salut!

— Tu as l'air beaucoup mieux! Ouf! On était inquiets.

— Qu'est-ce qu'il a, Notdog? demande John.

— Selon Dédé, il a mangé de l'agent orange. Quant à moi…

Elle leur décrit alors les effets étranges qu'elle ressent depuis la veille.

— Au début, je n'entendais que des voix, des sons plutôt. Puis, des chants qui semblaient amérindiens. Ensuite, j'ai vu des images. Une immense pierre trouée, avec des points lumineux. Des ombres, des têtes, des corps entiers transparents qui s'avancent, tournoient et volent dans les airs. Il y en a plusieurs. Maintenant, ils s'approchent de moi et ils me tendent les mains. On dirait qu'ils me supplient. Ça me fait très peur.

Jocelyne sort le collier de la poche de son jean, le dépose sur la table bancale qui leur sert de bureau. Un rayon de soleil l'illumine et la jolie pierre verte brille d'un éclat qui la rend encore plus belle.

— Hier soir, la corde me piquait le cou et j'ai enlevé le collier. Rapidement, je me suis sentie mieux.

— Donc tout ça a commencé depuis

que tu portes ce collier, déduit Agnès.

— Ce n'est certainement pas une co... ïncidence. *Yes*, je l'ai eu! lance John, fièrement.

Jocelyne acquiesce:

— C'est ce que je pense. Et puis deux personnes ont voulu me l'acheter, Lara Massé et Bob. Mais Bob, il ne faut pas y faire attention.

— Au contraire. Bob nous déteste trop pour vouloir t'acheter quelque chose. Offrir cinquante sous, ce n'est pas dans ses attitudes.

— Habitudes, John, le corrige Agnès. Tu as raison, c'est louche. Et Lara Massé? Elle a prétendu que c'était pour sa nièce. Bob, c'est un sacré voyou, mais elle, nous n'avons pas de raisons de ne pas la croire.

Jocelyne réfléchit:

— Les deux nous ont dit la même chose: que ce collier n'avait aucune valeur. Nous devrions aller le montrer au bijoutier. Elle n'a pas l'air en plastique, cette pierre, elle brille vraiment beaucoup au soleil.

— Et est-elle vraiment allée voir la police avec l'os humain? demande Agnès. Le chef aurait déjà dû vouloir nous interroger. Pourquoi insiste-t-elle pour que Notdog l'emmène où il l'a trouvé? Et hier, on a rencontré un homme qui cherchait ton chien.

— Pourquoi?

— Il nous a raconté une histoire bizarre, qu'il cherchait Notdog à cause des morts. Puis il est parti. Il avait l'air d'un Amérindien, raconte John.

— Un Amérindien… comme dans mon rêve…

Agnès récapitule:

— Deux personnes veulent ton collier, Bob et Lara. Deux personnes cherchent Notdog, Lara et l'Amérindien. Est-ce qu'il y a un lien?

Si Notdog avait pu parler, il aurait ajouté que Bob le cherchait, lui aussi. Que le collier et l'os sont liés puisqu'ils proviennent du même endroit. Et il leur aurait dit «chut!», car il a l'impression d'avoir entendu du bruit dehors.

Il se dirige vers la porte ouverte, renifle le vent, tend l'oreille. John poursuit la réflexion:

— Je reviens à l'os humain; Lara Massé a été bien pressée de nous empêcher d'aller voir le chef de police, vous ne trouvez pas?

Les deux filles pensent la même chose en même temps:

— On est peut-être en présence d'un…

— Crime?

— Et l'Amérindien avec ses morts…

C'est alors que Notdog se met à grogner. Les inséparables sursautent.

— Il faudrait qu'on aille vite voir le chef de police, dit Jocelyne, en allant vérifier pourquoi son chien grogne.

— On n'a rien dans les mains: c'est l'archéologue qui est partie avec l'os. Et on ne sait pas où Notdog l'a pris, soupire Agnès.

Dehors, tout est calme, contrairement à l'intérieur de l'agence. Car le mot «crime» a rendu les jeunes très nerveux.

— Viens, mon chien, il n'y a rien. Ce doit être un écureuil.

Mais le bruit sourd d'objets lourds qui tombent attire les inséparables dehors. Ce n'était pas grand-chose. Une corde de bois dont les bûches avaient dégringolé. Ils ne se sont pas éloignés de l'agence plus de cinq minutes. Mais quand ils sont revenus, le collier avait disparu.

La tombe du chaman

Chapitre VI

Qui a fait le coup ne doit pas le mettre au cou

Les inséparables cherchent. Une trace, un indice. Les empreintes de pas dans la neige mouillée ne sont pas d'un grand secours, sauf peut-être pour prouver que le voleur — ou la voleuse — n'est pas un enfant. Notdog cherche aussi, mais il ne sait pas quoi. Quand il voit sa maîtresse fouiller partout, il l'imite.

— Regardez ce que Notdog a trouvé! lance Jocelyne. Un sac de crottes au fromage. Il vient de chez mon oncle. Je reconnais sa manière de marquer les prix.

— On va lui demander qui lui en a acheté, suggère Agnès.

— Au moins la moitié du village… Ça fait pas mal de monde, dit John, sauf que c'est un point de départ.

Le garçon a complètement changé d'humeur. Il ne pense plus au fait qu'il déménage, il a enfin quelque chose d'intéressant qui lui occupe l'esprit. Il est le premier dehors. Les filles le suivent, avec Notdog, le museau collé au sol.

Les portes des commerces de la rue Principale sont ouvertes pour laisser pénétrer le soleil tout chaud. Les chats sont allongés sur les rampes des balcons, dans un équilibre impossible à comprendre. Steve fait prendre l'air à Poutine qui crie à tue-tête dans sa cage à qui veut, ou ne veut pas, l'entendre: «L'huile à patates est trop vieille! L'huile à patates est trop vieille!»

Quand les inséparables arrivent au dépanneur, Édouard Duchesne jase dehors avec la vétérinaire Leboeuf venue acheter des pansements parce qu'un lapin l'a mordue.

— Est-ce que quelqu'un a acheté un sac de crottes au fromage? demande Jocelyne.

— Non. Mais quelqu'un m'en a volé un joli paquet! fulmine Édouard. Si je l'attrape, je… Dans mon magasin! C'est un comble!

Notdog le regarde innocemment en lui présentant ses babines orange.

— Notdog? s'étonne Édouard.

— Sûrement pas! On connaît le seul voleur du village: Bob!

La vétérinaire intervient:

— Ce n'est peut-être pas lui. Avant de l'accuser…

Inutile: les inséparables sont déjà partis à sa recherche. Ils le trouvent rapidement, étendu par terre, dans le parc en face de l'hôtel de ville. Évanoui.

Agnès le secoue:

— Bob Les Oreilles Bigras! Réveille-toi!

Pas de réponse.

Au tour de Jocelyne:

— Arrête de faire semblant!

Pas de réponse. John a alors une idée:

— Ta moto a été édentée!

Bob a une légère réaction:

— Mhhhh?

— Tu veux dire accidentée, je suppose? le corrige Agnès.

Notdog se met de la partie et commence à renifler Bob partout.

— Ouache! Enlève ton nez mouillé de sur ma joue! C'est dégueulasse!

Et voilà Bob complètement réveillé. Il porte vite la main à son cou:

— Le collier! Je l'avais dans le cou! Ah! mes espèces de…

Jocelyne le coupe:

— Ce n'est pas nous. Qu'est-ce qui s'est passé?

Bob gratte sa tête graisseuse et sa barbe hirsute.

— Je revenais de votre agence…

— Tu nous avais suivis? s'indigne John.

— Eh oui! Ce collier-là n'est pas plus à vous qu'à moi, c'est un collier trouvé par Notdog et…

— Après, Bob, après, insiste Agnès.

— En traversant le parc, j'ai commencé à entendre des choses bizarres, et je suis devenu complètement étourdi. Je suis tombé et je ne me souviens de rien après… Pour moi, les crottes au fromage étaient contaminées…

— Le collier, murmure Jocelyne.

— J'ai été volé! Qui a pu me faire ça?

Les inséparables sont déjà en train de courir vers l'auberge Sous mon toit, laissant Bob à son indignation.

***

— Mme Massé? Vous n'êtes pas chanceux, elle vient de quitter il y a à peine dix minutes, annonce l'aubergiste.

— Pour de bon? demande Agnès.

— Oui, avec ses bagages, elle a réglé sa note.

Les inséparables sortent de l'auberge, dépités.

— Elle est partie avec le collier et l'os en plus. On va où? soupire John.

Comme personne n'a de réponse, Jocelyne dit à Notdog:

— On te suit, mon chien.

«C'est moi qui décide? À gauche, le dépanneur. À droite, on sort du village et on va vers mon trésor.» Notdog prend à droite.

En arrivant chez Joe Auto, ils aperçoivent Lara Massé à la pompe, en train de mettre de l'essence dans son camion.

— Vite! Qu'est-ce qu'on fait? demande John.

Lara pose le bec verseur à sa place, visse le capuchon du réservoir d'essence du camion et se dirige vers le garage pour payer.

— Je vais l'occuper dans le garage! lance Agnès en courant.

Elle y entre et se place pour parler à Lara de manière à ce que cette dernière ne voie pas dehors. Jocelyne, John et Notdog sautent dans le camion.

— Bonjour, madame Massé, je passais et j'ai vu que vous étiez ici.

— Oui? répond Lara Massé, nerveuse.

— Il fait beau enfin, hein?

— Oui, très. Monsieur Auto, je prendrais un de vos muffins aux carottes.

Dans la boîte arrière du camion, John, en petit bonhomme, cherche. À l'intérieur de l'habitacle, Jocelyne et Notdog fouillent dans la valise de Lara.

— Euh, je sors de chez Jocelyne, et Notdog est là. Peut-être que ce serait le moment pour vous d'aller voir s'il veut vous emmener là où il a trouvé l'os?

— Désolée, mon avion décolle en fin de journée, dit Lara, en signant le reçu de sa carte de crédit, pressée.

— C'est parce que… euh… il a rapporté un autre os, voyez-vous.

Lara hésite, regarde sa montre.

Dans le camion, Jocelyne ouvre la fermeture éclair d'un sac de voyage.

Ce qu'elle cherche y est.

— Je n'ai plus le temps, tu salueras tes amis.

Lara sort du garage alors que Jocelyne se glisse de justesse hors du camion du côté du passager. Elle reste accroupie près de la portière en serrant d'une main la gueule de Notdog pour l'empêcher de japper.

Lara Massé grimpe dans son véhicule, s'installe au volant et prend quelques bouchées de son muffin, ce qui donne les

secondes nécessaires à Jocelyne pour se faufiler derrière une voiture garée tout près. Lara démarre et commence à rouler. Agnès sort du garage. Lorsque la camionnette n'est plus en vue, Jocelyne et Notdog quittent leur cachette.

— On les a, dit Jocelyne. John? Hou! hou! John?

Agnès appelle à son tour. Le garçon ne répond pas.

— Il est encore dans le camion! Il faut le rattraper.

Affolées, les filles vont se mettre à courir quand elles entendent un beau rire clair:

— Je vous ai eues!

John a failli recevoir un coup de fémur sur la tête.

Chapitre VII

Les bonbons aux algues ont-ils quelque chose de bon?

À la porte de la bijouterie, Notdog attend sagement sa maîtresse et ses amis. Voilà que la camionnette de l'Amérindien passe. En voyant le chien, le conducteur freine et sort de son véhicule. Il se penche vers Notdog:

— Bon chien, beau chien. Notdog, si je me souviens. Tu dois m'emmener où tu as trouvé cet os hier. Comment te faire comprendre. Os? Chercher os?

«Os? Ma maîtresse en a un avec elle!» Il se lève, colle son museau sur la porte pour indiquer qu'un beau fémur est dans le sac de Jocelyne.

— Non, pas un bijou, pas ici. Cherche un os, Notdog, cherche.

«Pas ici? Bijou? Os?» Notdog ne comprend pas trop.

L'Amérindien lui tend ses mains qui sentent la forêt, les feuilles, la terre, la gomme de sapin, les branches. Ça lui rappelle quelque chose… Mais oui! Son trésor! Un petit coup d'oeil à l'intérieur: Jocelyne est en grande conversation. Il hésite: il ne connaît pas cet homme, sauf que c'est tentant.

Dans la boutique, M. Caillou, le bijoutier, n'a pas eu besoin d'un examen très approfondi pour identifier la pierre verte du collier:

— Voilà une magnifique émeraude! Comment s'est-elle retrouvée dans tes mains, Jocelyne?

— C'est No…

— Incroyable, cet héritage de ses parents! la coupe Agnès.

— Oui, incroyable, n'est-ce pas?

M. Caillou n'a aucune raison de douter des jeunes qu'il connaît bien:

— Ton papa et ta maman t'ont laissé un collier de grande valeur.

Personne n'aime rappeler ses parents à

Jocelyne; ils sont disparus dans un accident et tout le village, profondément attristé, l'a adoptée en même temps que son oncle Édouard Duchesne. Jocelyne prend un air triste, pour faire plus vrai.

— Tu ne devrais pas te promener avec ce bijou dans les poches, lui conseille M. Caillou. Même que tu devrais le garder en lieu sûr, on ne sait jamais.

— Les moteurs de noeuds sur la corde, ça ressemble à quoi selon vous? demande John.

Le bijoutier lève un sourcil en signe d'interrogation.

— Il veut dire les motifs, explique Agnès.

— Je ne connais pas ce style, assez curieux. C'est comme si le collier avait été fabriqué à la maison. Je veux dire, un vrai bijoutier utiliserait de l'or ou de l'argent pour mettre en valeur une émeraude, pas de la corde. Quand tu seras plus grande, si jamais ça te tente, je te ferai un collier beaucoup plus beau avec cette pierre précieuse.

Il remet le bijou à Jocelyne.

— Merci beaucoup, monsieur Caillou.

En sortant, Jocelyne cherche son chien:

— Où est-ce qu'il est encore allé…

Puisque chacun est habitué à le voir dis-paraître, personne ne se pose de question. Les inséparables ont autre chose en tête: ils sont éberlués par ce qu'ils viennent d'apprendre. Agnès traduit la pensée de chacun:

— Une émeraude! On comprend main-tenant pourquoi Bob, puis Lara l'ont vo-lée!

Ils prennent la direction du poste de po-lice pour aller montrer l'os. Ils savent maintenant que Lara Massé n'y est jamais allée, elle n'aurait pas pu repartir avec, évidemment.

Au poste, une note collée sur la porte, écrite de la main du chef, annonce qu'il enquête au village voisin et qu'il sera de retour ce soir.

Ils décident de se rendre à l'agence pour réfléchir ensemble à ce qu'il convient de faire.

Prochaine étape: convaincre Notdog de les emmener où il a trouvé ce fémur. Quand il reviendra. C'est à ce moment que Jocelyne commence à s'inquiéter pour son chien.

***

À une dizaine de kilomètres de là, Lara Massé attend à un passage à niveau qu'un interminable train de marchandises ait fini de passer.

Elle s'observe dans le miroir, puis cherche un disque à écouter. Elle vérifie pour la dixième fois l'heure de départ de son avion, qu'elle a inscrite sur un calepin. Elle se retourne pour regarder son sac de voyage derrière le banc. Il lui faut quelques secondes pour comprendre ce qui cloche dans l'image: son sac est ouvert. Son coeur se met à battre très vite. Elle étire le bras pour l'atteindre, fouille dedans: il est vide.

—Ah! la chipie! lance-t-elle en revoyant Agnès lui parler au garage.

Elle rebrousse chemin et accélère en faisant crisser ses pneus. Les conducteurs en file pensent que voilà quelqu'un de la ville qui n'a pas la patience d'attendre vingt petites minutes que le train ait fini de passer.

***

En chemin, les inséparables aperçoivent Dédé Lapointe, assis sur les marches de sa maison, un gros livre sur les genoux.

— Tu sais déjà lire? lui demande Agnès.

— Non. Mais chut! C'est un secret.

— Pourquoi? demande John, déjà amusé par la réponse à venir.

— Je fais semblant de savoir lire. Parce que Mlle Dulude, qui enseigne la première année, m'a donné des bonbons aux algues.

— Et? dit Jocelyne.

— C'était tellement mauvais que je les ai recrachés tout de suite. Je pense qu'elle a voulu m'empoisonner et je fais semblant de savoir lire pour entrer directement en deuxième année. Écoute.

Dédé ouvre son livre au milieu et lit:

— *E!*

Jocelyne jette un coup d'oeil:

— Regardez! *«Exemple de bijou que portaient les chamans dans les cérémonies dédiées aux morts.»* C'est mon collier!

— L'Amérindien, murmure Agnès.

— Où le trouver? demande John.

— Où est Notdog? s'affole Jocelyne.

La tombe du chaman

Chapitre VIII
Le chien le plus populaire du village

Notdog marche dans les bois, suivi de l'homme au pas lourd mais leste. Le chien hésite. Il sait qu'il ne devrait pas être ici. L'homme se penche et lui fait sentir ses mains de nouveau. Notdog se souvient alors où il va.

Le ruisseau coule près d'eux. Notdog s'arrête pour y boire son eau claire et l'homme se désaltère aussi. Notdog fouille le sol du museau et l'homme pétrit aussi la terre humide. «Il fait les mêmes gestes que moi, hi, hi, pour une fois, c'est moi, le chef» pense Notdog, tout content d'être à la tête de cette meute de... deux membres.

Le voilà enfin près de son trésor, de sa

La tombe du chaman

cachette, sous cet amas de branches mortes et de feuilles séchées couvert de mousse. Il se faufile dedans.

L'homme s'agenouille, glisse sa main, son bras à l'intérieur, tâte le sol. Il sait qu'il a enfin trouvé ce qu'il cherche depuis longtemps. Il entreprend d'agrandir l'ouverture. Il dégage plusieurs branches, et là apparaît le squelette d'un homme. Il y manque un fémur, bien sûr.

Des objets entourent la forme du corps: un sac de cuir pourri, des contenants divers, un bâton de marche. Un bandeau de perles multicolores entoure son crâne, une ceinture ornée de griffes d'ours enserre sa taille et des colliers encerclent ce qui fut son cou.

L'homme ramasse les colliers, les admire avec un sourire. L'un est en perles et en dents de loup; un autre est une suite de petits ossements; un dernier est une agate polie enfoncée dans une pièce d'argent. Il met celui-ci dans une des poches de sa chemise, replace les autres, puis, après en avoir chassé Notdog, il referme la tombe en la recouvrant avec des branches de manière à bien la cacher. Même Notdog ne peut plus y pénétrer.

L'homme quitte le lieu en disant «bon chien!» en guise d'adieu.

«Quoi? C'est tout? Pas de récompense?» Mais Notdog ne s'avoue jamais vaincu. Il gratte, creuse, tire des branches avec sa gueule. Il réussit à se faire une ouverture. Il entre et saisit un os, pas aussi grand que le fémur. Et il ressort. «Je ne serai pas venu pour rien. Jocelyne sera contente.»

Il fait quelques pas, s'arrête. Un doute le travaille: «Moi, je préfère l'os, mais elle? Aurait-elle mieux aimé le collier?» Il rentre dans la tombe, s'empare du collier de perles et retourne au village.

Le premier à le voir est Bob Les Oreilles Bigras.

— Tiens, tiens, tiens. Le vieux chien rapporte encore des belles affaires à sa maîtresse chérie. Hon! quel hasard! C'est mononcle Bob qu'il rencontre en premier. Viens, Notdog, viens!

Bob cherche dans ses poches quelque chose qui pourrait l'attirer. Un vieux mouchoir crotté, des vingt-cinq sous, une gomme déjà mâchée enveloppée dans un papier pour la conserver et la remâcher plus tard. Il tend la boule rose, plutôt grise en fait, à Notdog. Tenté, Notdog approche.

Mais il lui faudrait laisser tomber son os et son collier.

— C'est ça, mon gros, donne à Bob et tu auras un beau cadeau.

Notdog renifle: il a un mouvement de recul et se sauve à toutes pattes. Bob reste en plan avec sa gomme dans la main. Il la sent et une odeur pestilentielle lui chatouille les narines. «Je crois qu'il est temps que j'investisse dans une neuve» se dit-il.

Il emboîte le pas au chien pour le suivre et, devant une poubelle, il décide de jeter sa gomme. Il se ravise et la met dans sa bouche.

Au moment où il traverse la rue Principale, de biais évidemment, le camion de Lara Massé apparaît et manque de le frapper. Elle freine brusquement, ouvre sa portière, accourt. Bob ne peut se souvenir que c'est elle qui lui a dérobé l'émeraude, car il était déjà dans les pommes quand elle l'a fait.

— Je suis blessé! Ma jambe gauche est cassée! crie Bob.

— Arrête! Je ne t'ai même pas frôlé! As-tu vu les jeunes avec leur chien?

— Ça dépend. Qu'est-ce que ça me donne de les avoir vus?

Lara enrage. Elle ouvre son sac:

— Cinq dollars.

— Ce qu'il avait dans la gueule vaut pas mal plus que ça.

— QUAND L'AS-TU VU?

— Une minute, là, on ne presse pas mononcle Bob, il n'est pas une orange.

Lara retient son impatience.

— D'accord, quand et où les as-tu vus, s'il te plaît? C'est urgent, je dois absolument leur parler.

— Pour leur dire quoi?

— Ce n'est pas de tes affaires.

Bob tourne les talons. Lara capitule:

— Ok, ok. Qu'est-ce que tu veux en échange?

— Le collier de perles qu'il avait dans la gueule. Moi, quand sa maîtresse est là, je ne peux pas l'approcher. Mais vous…

«Un collier de perles, en plus de l'amulette et de l'os» pense Lara.

— Marché conclu, dit-elle. Alors, où est Notdog?

— Juste avant que vous me fonciez dessus, Notdog a traversé la rue pour aller à droite. Il est devant la bijouterie.

Lara Massé abandonne Bob et marche rapidement vers Notdog qui attend patiemment sa maîtresse, la croyant toujours avec M. Caillou.

— Allo, le beau toutou. Allo, Notdog, tu reconnais Lara, hein?

Notdog la renifle.

— Tu vas me donner ce que tu tiens dans ta gueule, d'accord?

Lara tend la main. Notdog émet un grognement d'avertissement qui signifie: on ne touche pas.

Embêtée, Lara regarde sa montre. Elle doit se dépêcher.

Elle analyse du mieux qu'elle le peut le collier et l'os que mord solidement Notdog. «Il s'agit d'une clavicule humaine, probablement de la même provenance que le fémur. Le collier: même style que l'amulette, mêmes noeuds. Il a mis la patte sur un site qui pourrait m'apporter la gloire.»

C'est alors qu'elle se souvient de l'autre moitié de son muffin.

Elle court à son camion, fait taire Bob d'un geste et retourne vers Notdog.

Elle détache un morceau du reste de muffin.

— Hum, en veux-tu? C'est bon, mmm…

«C'est vraiment tentant, mais si je laisse

tomber mon os, elle l'emportera comme l'autre. Oh! que ça sent bon!» pense Not-dog.

***

À l'agence, John relit à voix haute un passage du livre de Dédé, qu'il a bien voulu prêter à condition qu'on garde son secret.

Ce genre d'amulette était portée par le chaman lors de la cérémonie du passage des âmes dans l'au-delà. Ce peuple autochtone croyait que les âmes des défunts étaient condamnées à errer sur terre si les vivants ne les aidaient pas à traverser vers le monde d'après. Il existait, toujours selon les traditions orales, des lieux de passage, connus du seul chaman, où une ouverture liait les deux mondes.

— Ce sont des croyances, pas des vérités, commente Agnès.

— Impossible à prouver ou à nier, dit Jocelyne.

— Vrai ou pas, ça correspond à ce que nous disait l'Amérindien quand il parlait des morts. Il pourrait sûrement nous aider à démolir tout ça, ajoute John.

— Démêler, tu veux dire? demande Agnès.

— Exact, répond John qui réalise soudain avec tristesse que personne dans l'Ouest ne va le reprendre à tout bout de champ.

***

Pour Notdog, il s'agit d'une véritable torture. Lara Massé sent qu'il faiblit et qu'il sera bientôt prêt à lâcher prise. Elle lui passe sans arrêt le morceau de muffin près du museau. Notdog desserre les mâchoires et entrouvre la gueule.

— C'est donc bien long! Poussez-vous! ordonne Bob qui agrippe Notdog par le collier. Donne! Ça va faire, le niaisage!

Notdog n'a pas le choix: il lâche os et collier pour se défendre et mordre un mollet de Bob. Lara les ramasse et court vers son camion. Bob essaye de la poursuivre, mais Notdog tient solidement le bas de son jean en grognant. L'archéologue grimpe dans son véhicule et démarre.

N'écoutant que son courage et, surtout, sa colère, Bob traîne Notdog toujours agrippé à lui et se place en plein milieu de la rue. Lara Massé ne peut passer sans l'écraser. Furieuse, elle sort et va engueuler Bob qui n'a pas l'intention de la laisser s'enfuir comme ça.

Puisqu'ils ne s'occupent pas de Notdog, celui-ci lâche la jambe de Bob, saute rapidement dans le camion, s'empare de ses trouvailles et repart à la course. Lara et Bob s'élancent à ses trousses. Notdog entre dans le garage de Joe Auto, ressort aussitôt par la porte de derrière donnant sur un amoncellement de voitures accidentées et disparaît dans ce dédale de métal.

Avec un regard hautement méprisant à Lara, Bob tourne les talons et va rejoindre sa moto. Les yeux brillants de rage, Lara Massé regagne son camion.

Ils démarrent.

Mais ni l'un ni l'autre ne vont dans la direction qu'ils ont fait mine de prendre.

La tombe du chaman

Chapitre IX
Y a-t-il des motards dans l'au-delà?

— Enfin! Te voilà! s'exclame Jocelyne à l'arrivée de son chien. Et tu rapportes encore un os. Et un collier, regardez.

— Ça ne peut venir que du même endroit, suggère Agnès.

— Je pense aussi, acquiesce John. Il a l'air fatigué, ton chien.

En effet, Notdog s'est affalé de tout son long sur le sol et halète beaucoup. Jocelyne verse sa bouteille d'eau dans un bol et Notdog, assoiffé, boit à petites gorgées rapides.

— Tout doux, mon chien, tout doux. On dirait que tu as couru un marathon.

Elle caresse Notdog jusqu'à ce que sa respiration reprenne un rythme normal.

Elle lui offre des biscuits qu'elle garde à l'agence. Notdog renifle: «J'aurais préféré un muffin…» Il croque deux bouchées, se recouche et s'endort rapidement.

— Je ne crois pas qu'on ira bien loin, dit Jocelyne.

Mais elle se trompe.

***

Dans la forêt, l'Amérindien, qui a passé l'agate autour de son cou, se concentre. Il ferme les yeux et commence à fredonner une lente mélopée composée de sons plutôt que de mots. Il tourne plusieurs fois sur lui-même avec des pas dansants. Des ombres apparaissent, volent autour de lui et repartent. Ce qu'il espérait ne se produit pas.

***

Dans son camion, Lara attend. Elle a encore un peu de temps devant elle. Elle ne veut pas repartir les mains vides. Elle veut être la vedette de son congrès d'archéologues en Californie. Elle veut qu'on parle d'elle dans les universités et, grâce à sa trouvaille, qu'on lui offre des millions pour faire des fouilles prestigieuses dans le monde.

Elle en a assez de gratter un minuscule coin de terre pendant des mois pour ne déterrer qu'une griffe d'ours ou un morceau de verre brisé. Elle sait que les inséparables demanderont à Notdog de les guider vers la source de ses cadeaux.

***

Bob a roulé cinq minutes dans la rue Principale. Puis il a stationné sa moto et est revenu sur ses pas en traversant les cours arrière. Maintenant recroquevillé entre deux poubelles, il rêve d'un nouveau silencieux fendu pour son bolide.

***

Notdog se réveille. Dès qu'il ouvre les yeux, il cherche toujours sa maîtresse. Elle est là, tout près. Le collier de perles, l'amulette, les deux os qu'il a rapportés sont sur la table et les inséparables les examinent pour la millième fois. Il les rejoint, s'assoit et pousse la main de Jocelyne avec son museau pour qu'elle le flatte. Notdog bâille.

— Pouah! Quelle haleine! lance Agnès.

Notdog donne sa patte à Jocelyne.

— Oui, tu as une belle patte. L'autre aussi. Oui, tu es un bon chien.

«Combien de fois est-ce que je devrai lui donner la patte pour qu'elle me récompense en me donnant un de MES os?» se demande Notdog. Après avoir tendu quatre fois chaque patte, il prend les grands moyens: il se dresse sur ses pattes de derrière et essaye d'attraper un os, le plus gros, évidemment.

— C'est le moment!

Jocelyne fait asseoir son chien.

— Il va falloir que tu nous aides, là. Où as-tu trouvé cet os? Cherche, Notdog.

«Encore? Ok, mais c'est la dernière fois aujourd'hui» pense Notdog qui a un peu mal aux pattes. Il se lève pour sortir. Jocelyne ramasse les bijoux; John et Agnès, les os.

Notdog est assez facile à suivre: il n'avance pas très vite. Il reprend le chemin qu'il pourrait faire les yeux fermés maintenant et pénètre dans les bois. Il mène les inséparables tout droit à la tombe. Il gratte, déplace des branches. Les inséparables l'aident. Quand ils voient apparaître une partie de squelette, ils s'arrêtent net et prennent peur.

— Qu'est-ce qqqque cccc'est? bégaie Agnès.

— Une tombe, répond l'Amérindien qui surgit derrière eux.

— Vous nous avez suivis! C'est lui qui cherchait Notdog, explique John à Jocelyne. Qui êtes-vous?

— Je suis celui qui doit délivrer les morts qui attendent de passer dans l'au-delà. Je suis le chaman.

Les inséparables ne se sentent pas rassurés en présence de cet homme à l'étrange langage. Discrètement, Agnès tourne son index près de sa tempe pour dire à ses amis qu'il est sûrement fou. L'homme continue:

— Pour cela, il manque l'objet du passage. L'agate ne fonctionne pas. Je soupçonne votre chien de l'avoir dérobée.

— Notdog? demande innocemment Jocelyne en palpant ses poches pour s'assurer que les bijoux y sont.

— J'ai aperçu ton chien, hier. Il transportait un os dans sa gueule. Un os du chaman. Il m'a emmené à la tombe aujourd'hui, sauf que je n'ai pas trouvé la vraie amulette.

John intervient:

— Une minute: c'est quoi, au juste, votre histoire de chaman?

— Cette tombe est celle d'un très grand sorcier, un chaman, qui a vécu au siècle dernier. On l'y a couché entouré de ses objets magiques. Sa trace a été perdue et il y a longtemps que je la cherche, car nos morts ne peuvent plus aller dans l'au-delà.

Pour Agnès, tout cela n'est que légende:

— Et comment peuvent-ils aller dans l'au-delà, selon vous?

— J'ai eu une vision. Je sais comment. Mais j'ai besoin de l'amulette du chaman.

Après ce qu'elle a vécu, Jocelyne a plutôt tendance à croire l'Amérindien. Elle extirpe les colliers de sa poche:

— Dans ce genre-ci?

L'Amérindien s'approche avec nervosité. Il tend la main vers l'émeraude. En un mouvement rapide, Agnès enlève l'amulette à Jocelyne:

— Qu'est-ce qui nous dit que c'est vrai, cette histoire-là?

Surgit alors Lara Massé qui, en un clin d'oeil, arrache le bijou à Agnès:

— Ça, c'est à moi.

Elle se sauve à toutes jambes, mais elle est vite arrêtée par Bob Les Oreilles Bigras, qui lui vole le collier à son tour:

— Non, c'est à moi!

Jocelyne crie:

— Notdog! Mon collier!

Notdog bondit, saute sur Bob, le fait tomber et saisit l'amulette avec ses dents. Bob se lève prestement. Alors que tous s'y mettent pour attraper Notdog, sa maîtresse lui crie de nouveau:

— Sauve-toi!

Notdog obéit et disparaît dans la forêt, entraînant à sa suite Bob, Lara, l'Amérindien et les inséparables.

Il se réfugie bientôt en haut d'un immense rocher troué en son milieu. Ses poursuivants arrivent l'un après l'autre. Bob essaye de grimper sur la pierre, sans succès, car il n'y a aucune prise. Lara échoue à son tour. Les deux le supplient d'en bas:

— Allez! Donne à Bob! Sans ça, il va t'écraser avec sa moto!

— Donne à Lara, mon beau chien. Après, tu auras un beau muffin.

— Reculez! Cette amulette appartient aux âmes des morts, ordonne l'Amérindien.

Bob éclate de rire:

— À des morts? Une belle grosse pierre précieuse qui vaut des milliers de dollars? Vous êtes malade! Notdog, donne à Bob!

C'est à ce moment que Notdog commence à avoir un drôle de comportement. Il ferme les yeux, dodeline de la tête, se balance lourdement de gauche à droite.

Le son des voix près de lui se perd tandis que s'y superpose celui des chants déjà entendus par Jocelyne. Puis des ombres tournent autour de Notdog, ombres d'humains accompagnées de celle d'un énorme chien, la gueule ouverte et menaçante, qui s'immobilise près de lui. Notdog ouvre de très grands yeux et a un mouvement de recul. «Mozart! Tu es censé être mort, toi! Mais oui! Tu ES mort!»

Pris d'épouvante et d'étourdissements, Notdog dégringole du rocher. Il échappe l'amulette. Une main la saisit, une main de femme. Lara Massé détale:

— J'ai juste le temps d'attraper mon avion!

Bob a déjà décollé. John et Agnès partent

La tombe du chaman

à leurs trousses. Jocelyne reste là, son chien inconscient dans ses bras:

— Notdog, Notdog, mon chien…

L'Amérindien s'accroupit, examine Notdog, soucieux:

— L'au-delà l'a appelé.

— NON! Notdog, réveille-toi! Réveille-toi…

Jocelyne secoue délicatement son chien. L'homme colle son oreille près du coeur de Notdog:

— Il a vu quelque chose qui l'a fortement effrayé.

Jocelyne serre Notdog contre elle et des larmes remplissent ses yeux:

— Il a dû voir la même chose que moi et je suis toujours là, sanglote-t-elle dans le poil rugueux.

Avec douceur, l'homme met sa main sur l'épaule de Jocelyne:

— Qu'as-tu vu, exactement?

— Ce rocher, c'est celui de mes rêves.

L'Amérindien écarquille les yeux de surprise:

— Quels rêves? Tu dois me raconter.

— Le collier, vous n'y allez pas?

— Ils courent tous plus vite que moi!

***

Lara est la plus rapide. Mais John, Agnès et Bob la talonnent. Ils enjambent des troncs d'arbres, glissent sur la boue, s'égratignent le visage sur les branches qui bloquent le chemin. Ils voient à la dernière seconde un gros porc-épic et l'évitent de justesse. Sauf Bob qui fonce dedans et tombe en appuyant une main en plein dessus:

— Aïe!

Le pauvre se retrouve avec une douzaine de pics bien enfoncés dans la paume et les doigts. La douleur est vive et, dès qu'il essaie d'en enlever un, c'est pire. Le temps que Bob se relève difficilement, en s'appuyant sur une seule main, les autres l'ont devancé de beaucoup. Mais il en faut plus pour arrêter Bob et il repart, le bras en l'air.

Devant un ruisseau, Lara saute sur une roche au milieu, se tourne vers les enfants essoufflés qui arrivent au bord de l'eau. Elle serre dans sa main la pierre de l'amulette pendue à son cou.

— Ce ne sont pas deux enfants qui vont nuire à ma carrière! Si vous pensez m'empêcher de l'apporter à mon congrès d'archéologues, vous êtes mieux de courir encore plus vite.

— Et si c'était vrai, ce que dit l'Amérindien? Ce que vous volez, c'est bien plus qu'un collier: c'est la vie éternelle des ânes!

— Des âmes, John, pas des ânes, reprend Agnès.

— Sornettes!

Lara Massé saute sur l'autre rive et repart à la vitesse d'une sprinteuse, en évitant adroitement une famille de mouffettes qui traverse le sentier. Agnès et John font de même et la suivent sans trop d'espoir: ils doutent de ne jamais la rattraper.

Bob atteint à son tour le ruisseau. La distance entre lui et les autres s'est de beaucoup rétrécie.

Pressé, il regarde à peine où il met les pieds et arrive ce qui devait arriver: il voit la petite famille noir et blanc trop tard et, en freinant sa course, il tombe sur sa main hérissée de pics. Il lance un cri de douleur que la grosse mère mouffette n'apprécie pas du tout. Prestement, elle se retourne et lève la queue devant le nez de Bob.

— Mamannnnnnn!

***

Triste à mourir, Jocelyne caresse encore Notdog, toujours inconscient. Elle a peur. L'Amérindien attend en silence. Il tend l'oreille, car il entend des pas. Apparaissent Agnès et John. Puis Lara Massé. Elle remet l'amulette à l'homme en soupirant:

— Tenez. Adieu la gloire. En portant le collier, j'ai vu des choses étranges. J'ai compris. Je ne vais certainement pas empêcher les ânes de rejoindre l'au-delà.

— Les ânes? s'étonne Jocelyne.

— On t'expliquera, répond John.

— Et votre avion, Lara? demande Agnès.

— Je ne veux surtout pas manquer la cérémonie.

L'Amérindien s'approche du rocher troué:

— Cette amulette est la clé de l'autre monde, rien de plus, rien de moins. Grâce aux rêves de Jocelyne, nous savons maintenant que cette pierre est l'endroit du passage. Je crois que ces morts ont attendu depuis trop longtemps. Allons-y.

Il dépose l'amulette dans la partie trouée du rocher et murmure quelques mots incompréhensibles en tournant sur lui-même. Puis il chante. Une faible lueur surgit de la cavité. Le vent se lève et siffle. Le jour s'obscurcit. Les arbres se balancent, des brindilles roulent sur le sol.

Le chaman chante de plus en plus fort et entreprend une danse énergique. Peu à peu, des ombres apparaissent, provenant du bois tout autour d'eux. Elles s'approchent, se fondent en une large spirale luminescente qui sera bientôt aspirée par l'émeraude émettant maintenant une lumière aveuglante.

C'est alors que Bob surgit en criant:

— Ça pique, ça brûle, ça pue, j'ai le nez

qui va tomber! Aidez-moi! Je veux mourir! C'est par là, l'au-delà? J'arrive!

Il se précipite sur le rocher et essaye de grimper. C'est à cet instant que Notdog ouvre les yeux. Il voit la forme du chien Mozart disparaître dans le rocher et, avec grand courage, se met à japper.

— Il est revenu, mon chien est revenu!

Jocelyne serre Notdog contre elle, jusqu'à presque l'étouffer.

Chapitre X

La mémoire est une faculté qui oublie ce qu'elle choisit d'oublier

Le lendemain matin, le soleil brille et une grande chaleur s'est répandue sur le village. Il y en a même qui s'en plaignent déjà en sirotant leur café chez Steve La Patate.

Alors que Steve dépose des assiettes d'oeufs brouillés sur le plateau de John, Poutine, le perroquet, commence sa journée:

— Attention! C'est toxique!

John apporte le plateau qui déborde à une table où sont réunis Jocelyne, Agnès, Lara Massé et l'Amérindien. Notdog est assis à côté de sa maîtresse.

— Pauvre Bob! Il en a pour plusieurs jours à prendre des bains de jus de tomate! lance Jocelyne en riant.

— Et avec sa main enroulée dans un bandage, il va se tenir tranquille un bout de temps, ricane Agnès.

Lara lève sa tasse de café à la santé des inséparables:

— C'est moi qui invite! Je vous dois ma future notoriété.

— Comment? Vous avez manqué votre congrès! lui rappelle John.

— Je vais raconter la cérémonie dans des journaux d'archéologues. Je suis la première à y avoir assisté. La voilà, ma notoriété.

— Et après? demande Jocelyne.

— Après? Je me dis que, à la suite de l'enquête et du rapport de police sur les os découverts, on aura besoin d'une spécialiste pour analyser et faire des recherches sur cette tombe, de quelqu'un pour organiser au village une exposition des objets et des bijoux qui s'y trouvaient.

L'Amérindien dépose sa tasse:

— Sauf l'amulette. Je voudrais la garder. J'en ai besoin pour les futurs morts.

Agnès lance alors:

— Une amulette? Quelle amulette?

Jocelyne comprend tout de suite:

— Oui, quelle amulette?

Lara joue le jeu:

— On n'a jamais trouvé d'amulette!

Ils sont tous d'accord.

— Ce que j'aime le plus, avec les secrets, c'est quand on les propage.

Tout le monde regarde John avec un point d'interrogation dans les yeux. Il explique:

— Oui, quand on les garde ensemble, nous tous!

— Tu veux dire partage, John, pas propage, le corrige encore une fois Agnès.

«Et moi? On m'oublie?» se demande Notdog. Il manifeste sa présence en posant une patte sur la chaise de Jocelyne. À tour de rôle, chacun lui refile du pain et du bacon.

«Ce n'est pas un os, mais c'est bon quand même.»

Chapitre XI
L'arrivée du départ

Tout est parti: les meubles, les chevaux, les bagages et même la voiture. La belle maison de John est vide. L'école est finie, l'été commence, et c'est une nouvelle vie qui attend les inséparables: le trio se défait.

Jocelyne et Agnès ont offert leurs services pour garder le plus d'enfants possible au village. Avec les sous gagnés et l'aide de leurs familles, elles visiteront John en août. Ce sera pour elles un premier grand voyage.

N'empêche, même s'il sait qu'il verra ses amies, John est immensément triste de partir, bien sûr. Finies les enquêtes, au revoir le village où il jure qu'il reviendra s'installer quand il sera plus vieux.

Le taxi est là pour les emmener, lui et ses parents, à l'aéroport. La veille, à la salle communautaire, le maire Michel a organisé une petite fête d'adieu où personne ne manquait, ni Joe Auto, ni Mimi Demi, ni Steve La Patate, ni Édouard Duchesne.

Émues, Agnès et Jocelyne sont là, avec Notdog, bien sûr. John a les yeux mouillés.

— On se voit dans un mois, dit Agnès en l'embrassant.

— Ce n'est pas si loin, ajoute Jocelyne en le serrant contre elle.

John caresse la tête de Notdog qui lui lèche les mains en retour. Il note:

— Notdog a des cheveux blancs.

— Des poils blancs? Où ça?

— Là, de chaque côté du museau, et sur les oreilles! Bon… salut, les filles. *See you soon.*

Il va pénétrer dans le taxi quand il entend une petite voix qui lui crie:

— Attends!

Dédé Lapointe arrive en courant, tout essoufflé.

— Je voulais te donner ma souris.

Dédé tend son vieux toutou à John, une souris ayant perdu sa queue, une oreille et un oeil.

— Chaque fois que j'ai peur des bandits, en me couchant, je dors avec et ça marche: les bandits ne viennent pas. Comme il y a plein de hors-la-loi dans l'Ouest, je te la donne: dors avec et tu seras en sécurité.

— Oh, merci, Dédé! Mais tu n'auras plus rien pour te protéger, toi!

— Moi, je suis grand maintenant! J'entre en première, euh… deuxième année!

John donne une poignée de main de «grand» à Dédé tout content et il monte dans le taxi qui s'éloigne, l'emportant loin, trop loin. «Rien, rien de tout ça n'arrivera en Alberta» pense John avec regret, sans faire d'erreur de français, car les mots qui défilent dans sa tête sont en anglais.

Jocelyne et Agnès se dirigent tristement vers l'agence, pour bien verrouiller la porte. L'enseigne «Agence Notdog» restera dessus, en souvenir.

Notdog les suit, au lieu de les précéder, comme d'habitude. «Je suis fatigué. Je pense que je vais faire un long dodo.» Devant l'agence, il s'enroule sur lui-même, ferme les yeux et s'endort. Les filles le caressent tout doucement en veillant sur son sommeil sous le chaud soleil d'été.

Notdog, volume 5

Table des matières

Découvrez les autres séries de la courte échelle

Hors collection Premier Roman

Série Adam Chevalier :
Adam Chevalier

Série Babouche :
Babouche

Série Clémentine :
Clémentine

Série Fred :
Fred, volume 1

Série FX Bellavance :
FX Bellavance, volume 1

Série Les jumeaux Bulle :
Les jumeaux Bulle, volume 1
Les jumeaux Bulle, volume 2

Série Marcus :
Marcus

Série Marilou Polaire :
Marilou Polaire, volume 1

Série Méli Mélo :
Méli Mélo, volume 1

Série Nazaire :
Nazaire

Série Pitchounette :
Pitchounette

Série Sophie :
Sophie, volume 1
Sophie, volume 2

Hors collection Roman Jeunesse

Série Andréa-Maria et Arthur :
Andréa-Maria et Arthur, volume 1
Andréa-Maria et Arthur, volume 2

Série Ani Croche :
Ani Croche, volume 1
Ani Croche, volume 2

Série Catherine et Stéphanie :
Catherine et Stéphanie, volume 1
Catherine et Stéphanie, volume 2

Série Germain :
Germain

Série Maxime :
Maxime, volume 1

Série Mélanie Lapierre :
Mélanie Lapierre

Série Notdog :
Notdog, volume 1
Notdog, volume 2
Notdog, volume 3
Notdog, volume 4

Série Rosalie :
Rosalie, volume 1
Rosalie, volume 2

RECYCLÉ
Papier fait à partir
de matériaux recyclés
FSC® C100212

Achevé d'imprimer
en septembre deux mille onze, sur les presses
de l'imprimerie Gauvin, Gatineau, Québec